Original déposé à :

Copyright France
INPI - Paris

ISBN : 979-10-91423-37-3

Michèle Abramoff

LA DISPARUE DE VIRELONDE

Roman policier

DU MÊME AUTEUR

Un Village de rêve – 2014
Roman policier
(*e-book Amazon-KDP* – *édition papier Lulu.com*)

Mort d'une héritière – 2012
Roman policier
(*e-book Amazon-KDP* – *édition papier Lulu.com*)

Une autre vie – 2013 – Roman
(*e-book Amazon-KDP* – *édition papier Lulu.com*
 sous le titre **"Infidélité"**)

Coup de chance – 2012 – Récit
(*e-book Amazon-KDP* – *édition papier Lulu.com*)

Mademoiselle Jensen et son labrador
2011 - Roman policier
(*e-book Amazon-KDP* – *édition papier Lulu.com*)

La Disparue de Virelonde

Chapitre 1

Le dimanche, Elisabeth Delamare aimait déjeuner entourée des siens, parfois en compagnie de quelques amis proches. Et pas question de se défiler. Au fil des ans, ces déjeuners dominicaux avaient pris le caractère sacré d'un rituel. Pour s'y soustraire, il valait mieux avoir un motif sérieux et aisément vérifiable, le faire connaître au moins quarante-huit heures à l'avance, et toute l'affaire était si épineuse, si compliquée que, renonçant à inventer un prétexte, chacun préférait s'y rendre bon gré mal gré.

Suivant la saison et le temps qu'il faisait, les repas étaient servis tantôt dans la grande salle-à-manger, tantôt dans le jardin de la belle maison qu'Elisabeth possédait à Grécourt, en Ile-de-France, un hôtel particulier bâti au dix-neuvième siècle mais d'inspiration dix-huitième, avec son imposante façade blanche percée de hautes fenêtres et surmontée d'un volumineux toit d'ardoises mansardé.

Ce dimanche-là, c'était le premier dimanche de juillet, dans une ardeur estivale tempérée par une brise soufflée de la trouée de *L'Ecoule*, la rivière voisine, la table avait été dressée sur la pelouse. La famille presque au complet était rassemblée à proximité, impatiente de s'y installer.

Autour de la maîtresse de maison, se tenaient son fils aîné Jérôme accompagné de son épouse Delphine et de leurs deux enfants ; Philippe, son fils cadet ; et Cynthia, la benjamine, auprès de sa meilleure amie Nadine Perrin. On n'attendait plus que la femme de Philippe pour passer à table.

– Midi quarante-huit, pesta Elisabeth, plus d'un quart d'heure de retard... Non mais quel toupet !

– Je suis confus, maman, s'excusa Philippe. Je ne comprends pas. Christine a dû avoir un problème de voiture.

– Dans ce cas, la moindre des choses aurait été de téléphoner.

Philippe sortit son portable et s'éloigna de quelques pas.

– Ça ne répond pas, dit-il en revenant vers le groupe. Je lui ai laissé un message.

Elisabeth eut un geste évasif :

– Marthe, vous pouvez servir, lança-t-elle de loin à la domestique qui attendait les ordres sur le seuil de sa cuisine. Nous avons assez poireauté.

Jérôme sourit. Sa mère ne dédaignait pas d'employer un vocabulaire familier, voire à l'occasion quelques mots d'argot. Elle trouvait que ça lui donnait un certain chic désinvolte.

– Et surtout, conclut-elle avec une gaîté forcée, que ça ne vous coupe pas l'appétit. Marthe nous a préparé son ris de veau aux pommes-fruits, je ne vous dis que ça !

La cuisine était bonne, les plats simples mais délicats, les vins soigneusement choisis, avec une préférence marquée pour les bordeaux. Agée aujourd'hui de cinquante-huit ans, après avoir apprécié les bourgognes, Elisabeth s'en tenait désormais à des crus moins entêtants.

L'indiscutable agrément de sa table constituait pour ses invités à la fois un encouragement et une compensation. Un encouragement, en particulier les dimanches d'hiver, quand on aurait aimé faire la grasse matinée puis enfiler un vieux pull et traîner jusqu'au soir dans son appartement douillet, et qu'il fallait pourtant se lever, se faire beau, littéralement « s'habiller en dimanche » et sauter dans sa voiture pour se rendre à Saint-Servin, le quartier résidentiel de Grécourt où habitait Elisabeth, de façon à se présenter chez elle à midi trente précises.

Et une compensation, car ces déjeuners n'étaient pas particulièrement joyeux. Rien à voir avec ces tablées familiales décontractées où tout le monde parle en même temps et où les rires fusent à tout propos. A la table d'Elisabeth, malgré ses efforts pour relancer la conversation, une question prévenante à quelqu'un, une remarque « en l'air » supposée susciter des réactions, on parlait peu. Les convives se sentaient observés. Quand la maîtresse de maison se levait pour aller donner un ordre ou un coup de main à la cuisinière, au retour, avant de se rasseoir, elle marquait un temps d'arrêt comme pour s'assurer que tout se passait bien, que le repas se déroulait sans anicroche, mais chacun comprenait qu'il était inclus dans ce coup d'œil d'ensemble et qu'il avait intérêt à se tenir à carreau. On se consolait de cette ambiance réfrigérante en faisant honneur à la cuisine de Marthe.

Le rituel des déjeuners d'Elisabeth avait débuté six ans plus tôt à la mort de son second mari, un conseiller financier – le sien pour commencer – qu'elle avait épousé après avoir divorcé du père son fils aîné. Par malchance, revenant de nuit d'un voyage professionnel dans le nord de la France, Edmond Delamare avait heurté de front un énorme break 4 x 4, une vraie bétaillère conduite par un Lillois qui rentrait fin saoul d'une fête de mariage. La 508 d'Edmond avait été écrabouillée en même temps que son conducteur.

En apprenant l'accident et la mort d'un mari attentionné et respectueux avec lequel elle s'entendait bien, Elisabeth s'était effondrée. Elle avait déjà cinquante-deux ans à l'époque, un peu tard pour refaire sa vie, et n'avait plus que de longues années de solitude en perspective. Très éprouvée par le malheur qui la frappait, elle avait fait un début de dépression nerveuse que ses enfants l'avaient envoyée soigner dans une clinique suisse réputée.

A son retour, il n'était évidemment pas question de la laisser seule avec son chagrin, convalescente et encore psychologiquement si fragile. Ses enfants s'étaient donc arrangés pour lui rendre visite à tour de rôle dès qu'ils avaient un moment de libre, et ils avaient pris l'habitude de se réunir tous ensemble autour d'elle le dimanche.

Le temps avait passé. Complètement rétablie, accoutumée à sa condition de veuve, Elisabeth avait repris une existence normale. Les déjeuners du dimanche n'en avaient pas moins perduré.

Pour commencer, l'épouse de Jérôme avait accouché d'une fille, Jade, âgée aujourd'hui de cinq ans, puis d'un petit Lucas deux ans plus tard. Il n'était pas question de priver la grand-mère de ses petits-enfants. Il y avait bien eu, ici ou là, quelques tentatives pour se dispenser des réunions de famille dominicales, mais elles avaient fait tant d'histoires, provoquant même des disputes au sein des ménages, que chacun finalement en avait pris son parti. Ça durerait ce que ça durerait.

Bientôt une heure un quart, ils finissaient leurs œufs mimosa et la place de Christine était toujours vacante. Des regards furtifs se portaient sur son assiette immaculée, une porcelaine fine décorée d'une frise de myosotis peinte d'un pinceau délicat. En ce début de juillet, Elisabeth avait sorti l'un de ses plus beaux services d'été.

– Tu peux peut-être rappeler, suggéra-t-elle à son fils.

Philippe bondit sur ses pieds :

– Tout de suite, maman. J'y pensais.

En le voyant aller et venir tout en parlant avec véhémence dans l'appareil, quelques-uns supposèrent qu'il avait réussi à joindre son épouse.

– Personne, les détrompa-t-il en se rasseyant. Je suis encore tombé sur sa messagerie.

– Mais, objecta son frère, tu étais bien chez toi avec ta femme, ce matin ? Comment se fait-il que vous ne soyez pas venus ensemble ?

– Justement non, ce matin, je n'étais pas à la maison. Je rentre du Brésil. Je suis venu directement de l'aéroport.

– Tu veux dire que tu n'as pas vu Christine aujourd'hui ? s'étonna sa mère.

– Mais tu te rappelles bien, maman ? Je te l'avais dit ! J'ai passé la semaine à Recife avec mon associé. Nous avons pris l'avion mardi matin et nous sommes rentrés cette nuit. J'arrive de Roissy, là. J'ai téléphoné à Christine hier soir, juste avant de partir, et nous étions convenus de nous retrouver ici.

Le repas s'acheva, encore plus silencieux et morose que d'habitude. Personne ne se permit plus d'allusion à l'absente mais il était évident qu'elle occupait toutes les pensées. Philippe montrait des signes d'inquiétude. Sans même goûter au ris que Marthe venait d'apporter, il demanda la permission de se retirer. Il était pressé de rentrer chez lui. Christine était en bonne santé, mais elle avait pu avoir un malaise, un accident, est-ce qu'on sait ? Ce sont des choses qui arrivent. On tombe dans l'escalier, on glisse sur le marbre de la salle de bain, on se casse quelque chose et on reste en plan sans pouvoir bouger, loin d'un téléphone, en attendant que quelqu'un vienne vous tirer de là…

– Tiens-moi au courant, ordonna Elisabeth à son fils.

Philippe habitait à deux kilomètres de Saint-Servin, un appartement de cent-quatre-vingt-dix mètres carrés au deuxième étage d'un immeuble du centre-ville qui appartenait à sa mère. Mais, comme disait Delphine, sa belle-sœur, qu'est-ce qui dans cette ville n'appartenait pas à Elisabeth ! Rien que dans l'avenue Berlioz, l'artère commerçante, elle possédait une douzaine de boutiques. Quand Delphine allait chez le coiffeur, ou à l'épicerie, ou chez le teinturier, ou encore acheter des fleurs, elle avait l'impression de se rendre chez sa belle-mère.

Et il y avait aussi plusieurs petits immeubles à la périphérie du quartier nord, qui n'avaient pas encore été détruits pour élever des tours à leur place et qui restaient là, au pied de quatre immeubles de quinze étages, comme un îlot vieillot et décrépi attendant son inéluctable démolition. Elisabeth patientait. Quand viendrait l'heure d'être expropriée, ça lui ferait encore de belles rentrées d'argent.

Mis à part quelques mauvais payeurs, ceux qui réglaient systématiquement leur loyer en retard, ou les cyniques qui cessaient carrément de payer en novembre, quand le froid s'annonçant il devenait pendant plusieurs mois légalement impossible de les expulser, les loyers de ces logements et des magasins du centre-ville tombaient régulièrement, ce qui représentait au total une assez jolie somme. Mais ce n'était que broutilles à côté de ce que rapportaient les actions qu'Elisabeth détenait dans plusieurs entreprises internationales et dont elle percevait tous les ans les dividendes.

Comme chaque fois qu'il revenait chez lui après une absence de quelques jours, Philippe fut frappé par l'ordre qui régnait dans son propre appartement. C'était comme une obsession chez Christine, tout devait être parfaitement rangé, rien ne devait jamais traîner après usage. Une place pour chaque chose et chaque chose à sa place.

L'appartement était totalement silencieux. Philippe marcha jusqu'à leur chambre. Dans la pièce inoccupée dont le store baissé faisait barrage au soleil, les meubles d'acajou verni luisaient doucement. Le lit était fait, recouvert d'un épais couvre-lit de satin damassé parfaitement tendu. La fenêtre entrouverte, retenue par la poignée de l'espagnolette, laissait passer un filet d'air.

Il poussa la porte de la salle de bain. Vide, elle aussi, et d'une propreté méticuleuse. Le linge pour le lendemain pendait sur les porte-serviettes ou attendait sur le rebord de la baignoire, soigneusement plié et empilé. Sur l'étagère de la niche, entièrement carrelée de faïence vert d'eau comme les murs, de gracieux flacons étaient alignés par tailles. Les murs, le sol, les sanitaires brillaient comme dans un hôtel cinq étoiles…

Brusquement, dans tout ce silence, face à cet ordre parfait d'appartement inhabité, sans vie, Philippe eut un accès d'angoisse. Son cœur se mit à battre à grands coups, il s'aperçut qu'il transpirait. Il se passa le visage sous le robinet, s'essuya hâtivement et, se sentant la bouche sèche, revint sur ses pas et retraversa le long couloir en direction de la cuisine.

La pièce était immaculée, comme tout le reste. Dans le soleil zénithal qui la baignait (il était presque deux heures à l'horloge, donc un peu moins de midi à l'heure solaire), elle rutilait. C'était un décor extraordinaire, tout de laque rouge sang et de marbre gris. Christine avait fait refaire la cuisine à grands frais trois mois plus tôt. Philippe avait dû se frotter les yeux en recevant la facture. Un total à six chiffres. Il avait d'abord cru avoir mal lu ou que le comptable de l'installateur s'était trompé, qu'il avait ajouté un zéro par mégarde. Quand elle s'y mettait, Christine ne faisait pas les choses à moitié.

Ce n'était pas qu'elle se servît beaucoup de cette installation dispendieuse. En réalité, Christine n'aimait pas cuisiner. C'était leur domestique, une Portugaise prénommée Rosa qui s'en chargeait. Au début, le cadre luxueux dans lequel elle était supposée travailler avait même intimidé la jeune femme. Elle n'osait toucher à rien, craignant de rayer les surfaces en les nettoyant. Puis elle s'y était habituée : tout était si commode, si fonctionnel, et tout compte fait si agréable. Rosa préparait les repas et entretenait cette splendide cuisine. Philippe et Christine y prenaient leur petit-déjeuner et y dînaient en tête à tête quand ils n'avaient pas d'invités.

Tout en faisant machinalement glisser ses doigts sur le plan de travail de marbre sombre veiné de blanc, directement importé d'Italie et qui lui avait coûté si cher, Philippe songea que, puisque leur domestique avait congé le dimanche (de même que le samedi après-midi : Rosa ne travaillait que cinq jours et demi par semaine), sa femme avait dû nettoyer la pièce elle-même. Christine ne détestait pas faire briller les portes laquées des placards, les plaques de vitrocéramique, les appareils ultra-perfectionnés en inox. Un plaisir comparable, disait-elle, à celui d'un automobiliste bichonnant sa Ferrari. C'était quand même étonnant ces goûts de luxe, et surtout cette aisance avec les choses rares, les voitures chères, les objets précieux chez une personne dont les origines étaient plus que modestes – du moins pour ce qu'il en savait, d'après ce que lui en avait dit Christine, car elle avait rompu les liens avec sa famille et Philippe n'avait jamais rencontré ses parents.

Il se servit un verre d'eau, l'avala d'un trait, puis il se rendit dans son bureau et forma le numéro de la gendarmerie. L'entretien fut bref. Philippe précisa qu'il n'avait pas parlé à son épouse depuis la veille au soir, exactement à vingt-deux heures quarante-cinq heure française – il lui avait téléphoné juste avant de monter dans l'avion qui le ramenait à Roissy –, et qu'elle conduisait habituellement une Mini Cooper marron et beige. Son interlocuteur lui demanda un instant et revint l'informer qu'aucun accident concernant une voiture de cette marque n'avait été signalé dans le département depuis l'heure indiquée.

Le CHU de Versailles et les deux cliniques de Grécourt qu'il contacta ensuite répondirent de même par la négative. Aucune patiente du nom de Delamare n'avait été admise depuis la veille.

S'apercevant qu'il transpirait toujours, Philippe retourna dans la chambre pour changer de chemise. Sur la cheminée, dans le cadre d'argent qu'il lui avait offert au cours d'un voyage à Florence, le portrait de Christine lui souriait, un sourire qui, étrangement, lui sembla énigmatique, et même un peu moqueur. Interprétation certainement subjective. Jamais jusqu'ici Philippe n'avait discerné une telle expression sur cette photo.

Il sortit de l'appartement, referma la porte à double tour et remonta dans sa voiture pour se diriger vers le parking.

Construit dans le sous-sol d'un immeuble de bureaux voisin, c'était un parking de quatre-vingt-douze places réparties sur deux niveaux, réservées en priorité aux cadres des entreprises qui avaient leur siège dans l'immeuble et à leurs visiteurs. Mais ça ne suffisait pas à le remplir, de sorte que les places restantes du deuxième niveau étaient concédées à des particuliers, pour la plupart des habitants du quartier. Comme le parking était proche de leur domicile, Christine et Philippe y avaient loué deux emplacements contigus.

C'était dimanche, le gardien était absent. Dans la lumière chiche qui traversait les vitres de sa cabine, on distinguait sa chaise vide, ses écrans de contrôle éteints. Appointé par les entreprises de l'immeuble, il ne travaillait pas quand les bureaux étaient fermés. Le samedi et le dimanche, seule la caméra placée à l'entrée surveillait les allées et venues des voitures.

Philippe introduisit sa carte dans la borne du portillon et roula au ralenti jusqu'au deuxième sous-sol. La Mini de sa femme n'y était pas. Il regagna la sortie sans s'arrêter.

Arrivé dehors, il consulta sa montre. Quatorze heures vingt-cinq. Christine avait « disparu » depuis deux heures. Redoutant de se retrouver seul dans son appartement désert, il reprit la direction de Saint-Servin.

Il trouva sa mère et son frère Jérôme seuls dans le salon. Sa sœur Cynthia était partie raccompagner son amie. Delphine, l'épouse de son frère, était rentrée chez elle avec ses enfants. Elle devait les conduire le jour même à Houlgate, une petite plage normande où ils devaient passer les vacances avec leur grand-mère.

Si blâmable que fût la défection de Christine aux yeux d'Elisabeth, Delphine ne s'en inquiétait pas. Ça l'amusait plutôt que sa belle-sœur se soit permis de leur poser un lapin, elle voyait ça comme une espèce de rébellion. Pour une fois, c'était le bon côté de l'histoire, les invités avaient pu se soustraire aux après-midis interminables qui suivaient invariablement les déjeuners du dimanche.

Car il ne fallait pas espérer prendre le large aussitôt le café avalé. Dans le jardin l'été, à l'intérieur l'hiver, tout le monde devait se tenir en rond autour de la matriarche. On avait le droit d'apporter un livre, c'était toléré, quoique pas très bien vu. Plutôt que lire, on était supposé faire la conversation, distraire un peu la pauvre Elisabeth. En réalité, ladite conversation consistait surtout à l'écouter et à opiner. Car, dans cette maison, on ne discutait pas, on n'échangeait pas de points de vue. Si quelqu'un se hasardait à exprimer un avis différent du sien, Elisabeth patientait, le sourcil levé, puis avec une autorité nuancée de condescendance, répétait mot pour mot ce qu'elle venait de dire. Et là, c'était sans appel.

D'ailleurs, les sujets variaient peu, les plus intéressants se trouvant prohibés. En premier lieu, la politique, capable d'asseoir des haines irréductibles au sein des familles. Et puis l'argent, qui est à la bourgeoisie française ce qu'était la noblesse aux aristocrates d'Ancien Régime : *N'en parler jamais, y penser toujours.* La religion (les croyances ne se discutent pas). Et bien entendu les sujets trop personnels.

Restaient la décoration de la maison, les musées, les impressions de voyage. Les faits divers relatés dans la presse locale et inlassablement commentés. Et par dessus tout les avancées de la médecine, thème de prédilection d'Elisabeth.

En fils respectueux, Jérôme et Philippe se tenaient cois la plupart du temps. Delphine parvenait à s'échapper une partie de l'après-midi en allant jouer un peu plus loin sur la pelouse avec ses enfants : c'était bien naturel, les petits avaient besoin de se dépenser. Les autres patientaient jusqu'à cinq heures et, le rituel ultime du thé accompli, étaient enfin autorisés à prendre congé.

– Mais enfin qu'est-ce qui se passe avec Christine, s'exclama Elisabeth quand Philippe l'eut mise au courant de ses recherches infructueuses, vous vous êtes disputés ?

– Mais non, maman. Quand je lui ai parlé hier soir, tout était normal. Elle était à la maison et nous nous sommes mis d'accord pour nous retrouver aujourd'hui chez toi.

– Tu l'avais appelée sur le fixe ? s'informa Jérôme.

– Non, sur son portable.

– Alors comment peux-tu savoir que ta femme était bien chez elle ?

– Parce qu'elle me l'a dit ! Elle était sur le point de se coucher.

– C'est ce qu'elle a dit. Mais comment en être sûr ? Elle pouvait se trouver n'importe où.

– Je n'ai pas de raison de douter de sa parole, répliqua Philippe assez froidement.

Ce que son frère pouvait être agaçant avec son esprit rationnel et ses airs supérieurs. Il était son aîné de six ans et ils avaient grandi ensemble, mais Jérôme n'avait jamais cessé de le prendre de haut avec lui, mi-protecteur, mi-moqueur. En réalité, ce n'était que son demi-frère, le fils du premier mari d'Elisabeth, un époux volage et instable que même la fortune de sa femme n'avait pas suffi à retenir. Et bien, Jérôme, c'était tout le contraire de son père. On aurait dit qu'il se raidissait dans une attitude radicalement opposée à celle de son géniteur, qu'il s'appliquait à présenter l'image d'un homme solide et fiable, un homme sur lequel on pouvait compter.

– Tu n'avais pas remarqué un changement chez Christine ? continua Elisabeth à l'adresse de Philippe. Quelque chose d'inhabituel dans son comportement ? Elle ne t'avait pas paru maussade ou déprimée ces jours derniers ?

– Je ne l'ai pas vue depuis mardi. Je te le répète, j'étais en voyage. J'ai accompagné mon associé à un séminaire au Brésil.

– Sur quel thème, le séminaire ? s'enquit son aîné avec un sourire narquois.

– La communication publicitaire à l'ère du numérique.

– Je vois. Vous avez bien bronzé sur la plage ?

– Oh, ça va, protesta Philippe. Nos séminaires valent bien tes colloques de dentiste. Je commence à en avoir assez de tes réflexions.

– Je plaisantais.

– Et puis là-bas, c'est l'hiver, je te rappelle. Il a plu la moitié de la semaine.

– Ça suffit, tous les deux, les arrêta leur mère. Vous vous conduisez comme des enfants de quatre ans. Et ce n'est vraiment pas le moment de se disputer ! Nous ferions mieux d'appeler la police. Il faut immédiatement signaler la disparition de Christine.

– C'est trop tôt, dit Jérôme. Ils ne bougeront pas avant quarante-huit heures. Et même… N'oublie pas que Christine est majeure. Des centaines de personnes disparaissent chaque année. Et la plupart refont surface au bout de quelques jours. Elles s'étaient juste offert une petite escapade.

– Ma femme n'avait aucune raison de faire ça. Tout allait bien pour elle. Elle commençait à préparer son élection de l'année prochaine. Ça l'obligeait à être très présente, au contraire.

– Tu as pensé à regarder s'il manquait des vêtements dans sa garde-robe ? intervint Elisabeth.

– … Non. Comment savoir avec tous les vêtements qu'elle a ! Son dressing occupe une pièce entière.

– Et ses valises, ses sacs de voyage ? Ils étaient tous là ?

– Des valises ou des sacs de voyage, elle en a bien une douzaine, je n'en connais pas le nombre exact. Je serais bien incapable de dire s'il en manque un.

– Tu as fait le tour de l'appartement ? Tu as regardé dans toutes les pièces ?

– Mais oui. Enfin, je ne sais plus… j'ai regardé dans les pièces où elle aurait pu être. Où on se tient d'habitude.

– Parce qu'elle aurait pu se trouver dans la chambre d'amis, ou dans une pièce du fond, dans un réduit à faire du rangement… Elle aurait pu tomber d'un escabeau, se faire mal…

– Elle m'aurait entendu entrer, marcher dans le couloir, elle aurait appelé. Ou je l'aurais entendue gémir. Il y avait un silence de mort dans l'appartement.

– Elle s'était peut-être évanouie.

– Maman, toutes les portes étaient fermées, il n'y avait personne, j'en suis sûr. Je l'aurais senti si elle avait été là.

– Tu n'as pas trouvé un mot, une lettre ?

– Je n'ai rien vu.

– Tu as pensé à regarder dans son secrétaire, sur sa coiffeuse ?

– Si j'ai pensé à… euh, non… je ne crois pas.

– Et votre ordi ? demanda son frère. Tu l'as ouvert ? Elle t'a peut-être laissé un message.

– Un message sur l'ordinateur…, répéta Philippe, impatienté. Je n'en sais rien, je l'ai pas allumé, l'ordinateur… – Il abandonna son fauteuil et se mit à marcher nerveusement de long en large : J'ai rien remarqué, je vous dis !

– Allons, le tempéra Jérôme, ne te mets pas dans cet état … Il n'y a pas encore de raison de s'inquiéter. Christine ne doit pas être bien loin. Avec les femmes, il faut s'attendre à tout. On ne sait jamais ce qui peut leur passer par la tête. Si ça se trouve, elle n'avait pas envie de déjeuner chez maman et elle rentrera ce soir bien tranquillement.

– Qu'est-ce que tu veux dire, pas envie de déjeuner chez moi ? protesta Elisabeth. C'est si désagréable que ça ?

Philippe avait cessé de faire les cent pas. Face à la fenêtre, les yeux fixés sur les peupliers voisins dont les cimes se courbaient et ondulaient sous un coup de vent, il réfléchissait. Soudain, il se retourna :

– Tu as raison, maman. Je n'étais pas dans mon assiette, tout à l'heure. Je n'ai peut-être pas bien cherché. Il vaudrait mieux que je retourne voir.

– Ça me paraît plus prudent. Tu veux qu'on t'accompagne ?

– Pas la peine. Ne vous dérangez pas. Je me débrouillerai.

– Si Christine n'est pas là, laisse-lui un mot et reviens, si tu veux. Jérôme rentre chez lui retrouver sa femme. On dînera tous les deux et si tu n'as pas envie de dormir seul chez toi, je ferai préparer ta chambre.

Grécourt, une jolie ville de vingt-deux mille habitants située dans le département des Yvelines, à l'ouest de la région Ile-de-France, avait su conserver malgré sa proximité avec Paris une relative tranquillité et une certaine grâce provinciale.

Entre autres agréments mis à la disposition de ses résidents et de ses visiteurs, elle possédait un parc de onze hectares, le parc Victor Hugo, orné d'un buste sur socle du poète qui lui avait donné son nom, de quelques statues allégoriques et d'un kiosque à musique où se produisait la fanfare le matin du 14-Juillet et où l'orchestre du Conservatoire municipal donnait un concert gratuit le jour de Pâques. Un terrain de foot et un stade équipé de quatre courts de tennis. Une piscine comportant un bassin de cinquante mètres en plein air accessible à tous pendant les mois d'été, plus un second de vingt-cinq mètres, couvert, fréquenté toute l'année par les scolaires. Une salle de spectacle de trois cents places bien sonorisée qui accueillait deux fois par an un chanteur célèbre ou une troupe de théâtre en tournée. – Charmes auxquels s'ajoutait, depuis peu, le château de Virelonde une élégante bâtisse construite en 1809 par un général d'Empire et qui avait été léguée à la commune par son dernier propriétaire, un ténor de renommée mondiale récemment décédé.

Dans l'ensemble, c'était une ville où il faisait bon vivre. Les relations entre les habitants étaient globalement courtoises et on s'y sentait la plupart du temps en sécurité. Un commissariat et un poste de gendarmerie se partageaient la charge du maintien de l'ordre, laquelle n'était pas trop lourde car la criminalité y était sensiblement inférieure à la moyenne régionale.

A titre d'exemple, selon les chiffres publiés cette année-là par l'*Observatoire National de la Délinquance et des Réponses Pénales,* le taux des vols et dégradations (délits les plus fréquents) n'était que de 32 cas pour 1000 habitants (46 en Ile-de-France). Tandis que les vols à main armée étaient complètement absents des statistiques de Grécourt pour la même année.

En ce qui concernait les violences aux personnes, le taux était de 5,21 cas pour 1000, dont seulement 0,32 cas de violences sexuelles. Mais il s'agissait bien entendu des violences qui avaient fait l'objet d'une plainte, on ne connaissait pas le chiffre de celles qui avaient été passées sous silence, notamment les violences conjugales.

Quant à ces dernières, si le chiffre national des meurtres publié partout et bien connu de la population s'élevait à 146, dont 25 hommes tués par leur conjointe pour 121 femmes victimes de leur conjoint (une tous les trois jours), aucun cas de ce genre, ni dans un sens, ni dans l'autre, ne s'était produit à Grécourt depuis plusieurs années, encore s'était-il agi d'un crime passionnel, le plus excusable de tous aux yeux de la Justice.

L'histoire était restée dans toutes les mémoires. Une pâtissière, épouse et citoyenne irréprochable, propriétaire d'une pâtisserie-salon de thé fréquentée par la bonne société de la ville, avait tué son mari d'un coup de revolver dans le lit même de l'hôtel où elle l'avait surpris en plein après-midi en compagnie de sa maîtresse, une toute jeune femme qu'elle avait eu la bonté d'épargner. Ce geste libérateur, qui l'avait délivrée des humiliations répétées que lui infligeait son époux, lui avait valu une peine relativement légère : dix années de réclusion, qu'elle purgeait encore. Les juges le savent bien : comme l'a écrit Simenon, il n'y a pas de crime de la jalousie, il n'y a que des crimes d'amour bafoué.

En pénétrant, accompagnée de son fils Philippe, dans le bureau du commissaire Benoist, la première chose qu'Elisabeth remarqua fut que le mobilier avait été changé. C'était un mobilier moderne, tout verre, acier brossé et PVC beige, impersonnel et froid, bien différent du cadre chaleureux que s'était aménagé son prédécesseur en remplaçant le mobilier spartiate qui lui avait été alloué par l'Administration par des meubles – sièges de cuir et chêne ciré – plus à son goût.

Elle avait bien connu l'ancien commissaire, une relation de son mari, presque un ami, qu'elle rencontrait dans les dîners en ville et qu'elle avait reçu chez elle à plusieurs reprises. Elle était même venue dans ce bureau deux ou trois fois, à propos d'une affaire de détention de drogue dans laquelle était impliqué l'un de ses locataires. Le commissaire Morel était un homme aimable, avec lequel, entre gens du même monde, on pouvait s'entendre. Hélas, et cela tombait mal, il avait pris sa retraite au printemps précédent et celui qui lui avait succédé semblait nettement moins accommodant.

Elisabeth était au courant de la nomination du commissaire Didier Benoist, elle l'avait déjà aperçu à la mairie au cours d'une réunion publique, mais elle le voyait de près pour la première fois. C'était un grand type dans la quarantaine, blond au teint pâle, au regard franc mais acéré, vêtu d'un costume d'été beige clair, de la même couleur neutre que son bureau comme pour signifier qu'il se fondait totalement dans sa fonction. Il avait accueilli sa visiteuse sans amabilités particulières, et même, en comparaison avec les égards auxquels elle était habituée, assez fraîchement. On ne refuse pas un rendez-vous à l'une des plus grosses contribuables de la ville, mais ce jeune commissaire instaurait d'emblée une distance. Peut-être n'aimait-il pas les riches ? Il semblait vouloir lui faire comprendre qu'elle ne devait s'attendre à aucun traitement de faveur.

Prenant pour de l'hostilité envers sa personne ce qui n'était que la prudence d'un jeune commissaire récemment parachuté dans une petite ville dont près de cinq cents habitants étaient soumis à l'ISF, parmi lesquels beaucoup devaient avoir des relations haut placées et qu'il soupçonnait de penser que les lois n'étaient pas nécessairement faites pour eux, Elisabeth se cabra :

– Nous avons un problème, commença-t-elle sèchement en réponse à l'expression interrogative du commissaire, ma belle-fille, Christine Delamare, l'épouse de mon fils ici présent, a disparu.

– Depuis quand ?

– Depuis quarante-huit heures. Avant-hier, comme tous les dimanches, nous l'attendions chez moi pour déjeuner, mais elle n'est pas venue et nous sommes sans nouvelles depuis.

– C'est trop tôt pour s'inquiéter, laissa tomber le commissaire.

– Nous nous inquiétons pourtant. Il n'est pas dans les habitudes de ma bru de nous poser des lapins. Toute la famille était réunie, imaginez un peu. Nous l'avons attendue une demi-heure puis nous nous sommes résignés à déjeuner sans elle. Craignant qu'elle n'ait eu un malaise ou un accident, mon fils a interrompu son repas pour aller voir chez lui ce qui se passait. Christine ne s'y trouvait pas. Il espérait encore qu'elle regagnerait son domicile le soir même, mais ce ne fut pas le cas. Et depuis – depuis deux jours, donc – elle n'a pas donné signe de vie.

Tout en l'écoutant, le commissaire considérait la femme qui s'adressait à lui avec autorité et sur un ton tranchant. Une grande brune dans la cinquantaine, au nez busqué, aux yeux noirs encore vifs et perçants et qui avait dû avoir dans sa jeunesse une certaine beauté. De la classe, indiscutablement. C'était la première fois qu'une représentante de la bonne société de Grécourt se trouvait dans son bureau. Le « haut du panier », pensa ironiquement le commissaire. Le haut du panier d'une ville de vingt mille habitants, ça pourrait faire sourire. Le problème était que les gens « importants » de Grécourt pouvaient l'être tout autant à Paris. Son prédécesseur l'avait prévenu, plusieurs d'entre eux avaient le bras long, et si le jeune commissaire était décidé à ne pas se laisser impressionner, il ne s'agissait pas non plus, dès son arrivée, de se faire mal voir. Prenant le parti de se montrer patient, il se tourna vers le fils, qui n'avait encore rien dit :

– Quand avez-vous vu votre épouse pour la dernière fois ?

– Mardi matin.

– Vous voulez dire mardi dernier ?

– C'est ça, il y a exactement une semaine. Je voyage de temps en temps pour mon travail. La semaine dernière, j'avais un séminaire au Brésil. J'ai quitté mon domicile mardi dernier à huit heures du matin.

– Vous n'aviez rien remarqué d'anormal chez votre épouse ?

– Rien du tout. Christine était pleine d'entrain, comme toujours. Elle est descendue avec moi pour acheter le journal et nous avons bu un express au tabac d'en face. Puis je suis allé chercher ma voiture au garage. Tout était parfaitement normal. Nous devions nous retrouver avant-hier dimanche chez maman.

– Ce qui veut dire que vous n'avez pas vu votre femme depuis une semaine ?

– Mais je l'ai appelée plusieurs fois pendant mon absence. La dernière fois que je lui ai parlé, c'était samedi soir, à l'aéroport, juste avant de prendre l'avion. Nous avons confirmé notre rendez-vous chez ma mère, et puis… personne ! Et je n'ai eu aucune nouvelle depuis. Je ne sais pas ce qui se passe.

– D'autres gens l'ont peut-être vue, ils savent peut-être quelque chose ? Vous avez contacté ses amis ?

– Pas encore. Je ne voulais pas, euh… ébruiter. Christine est adjointe au maire. Elle est connue dans cette ville, vous comprenez.

– *Deuxième* adjointe, souligna Elisabeth.

– Mais j'ai parlé à Rosa, notre employée de maison, continua Philippe. Je l'ai interrogée hier, quand elle est venue prendre son service. Evidemment sans lui dire pourquoi. Le week-end, Rosa ne vient que le samedi matin et c'est le jour où ma femme et elle décident des menus de la semaine. Mine de rien, j'ai demandé à Rosa ce qu'elles avaient prévu de bon pour les jours à venir. Rosa m'a renseigné tout à fait normalement. Elles avaient donc bien fait les menus ensemble samedi matin. Et puis, maintenant que j'y pense, ma femme allait tous les samedis après-midi chez le coiffeur…

– Vous êtes allé voir si elle y était allée samedi dernier comme d'habitude ?

– Chez le coiffeur ! sursauta Elisabeth. Le palais des ragots ! Pour qu'en un clin d'œil toute la ville soit au courant de la disparition de ma bru !

– Non, mais dimanche après-midi, je suis allé voir au parking, indiqua Philippe. Sa voiture n'y était pas. Le gardien n'était pas là, il est employé par les entreprises de l'immeuble et ne travaille pas le week-end. J'y suis retourné hier pour lui parler, mais il n'avait rien d'intéressant à me dire. Il ne se souvenait pas des mouvements de la voiture de ma femme. Il n'avait rien remarqué de spécial.

– Qu'est-ce qu'elle conduit ?

– Une Mini.

– Vous êtes mariés depuis combien de temps ?

– Cinq ans.

– Votre épouse a déjà fait des fugues ?

– Bien sûr que non ! Christine est une personne équilibrée.

– Il lui arrive de partir seule en voyage ?

– Sans moi, vous voulez dire ? Oui, cela a dû se produire cinq ou six fois. En général, elle va aux sports d'hiver avec des amis. Personnellement, je suis très accaparé par mon travail et je n'aime pas trop le ski. Pour tout dire, je m'ennuie à la montagne. Si c'est pour passer mes après-midis à jouer au bridge, je peux aussi bien faire ça ici. Une autre fois, elle a accompagné ma sœur à Saint-Pétersbourg. Elle avait envie de prendre l'air…

– Qui ? Votre sœur ?

– Ma femme.

– Votre femme avait « envie de prendre l'air » ? Elle a dit ça ?

– Je ne me souviens plus de ses termes exacts. Mais c'était une absence de seulement quatre jours. Elles ont visité le Musée de l'Ermitage, le Palais d'Hiver, la cathédrale…

– Il y a longtemps qu'elles ont fait ce voyage ?

– Quelques mois. C'était en février dernier.

– Elles y sont allées en plein hiver ?

– Oui, sourit Philippe, le froid ne leur fait pas peur et elles voulaient voir Saint-Pétersbourg sous la neige.

– Où voulez-vous en venir ? intervint Elisabeth. Vous vous figurez que ma belle-fille s'est enfuie en Russie ? Qu'elle a été enlevée par un milliardaire ?

Et pourquoi pas, se dit le commissaire. Cette femme aurait pu rencontrer quelqu'un au cours de son voyage, entretenir en secret une relation à distance, sur Internet, par exemple, rien de plus courant, et finir par prendre la décision de tout quitter pour le rejoindre. Mais il était trop tôt pour former des hypothèses et il garda ses suppositions pour lui.

– Vous avez des enfants ? demanda-t-il au mari.

– Hélas non, répondit sa mère à sa place, sur un ton aigre. Ma belle-fille n'en veut pas.

– Christine est très prise par ses activités au Conseil, expliqua Philippe.

– Elle a des ambitions politiques, persifla Elisabeth. Le pouvoir, vous comprenez, l'ivresse du pouvoir…

– Maman ! protesta son fils.

– Je dis ça, hein… L'ambition, ce n'est pas forcément un défaut. Alors, commissaire, qu'est-ce que vous allez faire ?

Le commissaire Benoist tapota du bout des doigts sur son bureau, il hésitait. Il ne se voyait pas commencer une enquête, mobiliser des policiers, les lancer à la recherche d'une personne qui s'était payé une escapade et qui réapparaîtrait vraisemblablement dans quelques jours. Tout le monde se foutrait de lui. Et ce n'était pas la meilleure façon de débuter dans sa nouvelle affectation.

Il éluda :

– Je vous conseille d'attendre. Et puis essayez de vous renseigner. Votre femme avait bien des amis ? Une amie à laquelle elle se confiait ?

– Je viens de vous le dire, si on commence à parler de la disparition de ma bru, toute la ville sera au courant.

– C'est à vous de voir.

– Alors, protesta Elisabeth, vous ne commencez pas les recherches ? Une femme disparaît et la police ne fait rien ?

– Pas pour le moment. C'est trop tôt.

Le commissaire se leva, signifiant que l'entretien était terminé.

– Je comprends votre inquiétude, leur dit-il tout de même en les accompagnant à la porte. Mais armez-vous de patience, d'ici quelques jours tout ça ne devrait plus être qu'un mauvais souvenir.

Le vendredi suivant, à vingt heures quinze précises – Philippe venait de rentrer du bureau et s'apprêtait à mettre au micro-ondes le repas que Rosa lui avait préparé –, le téléphone fixe de la cuisine se fit entendre.

Philippe reposa son plat et alla décrocher.

– Oui ?

– Monsieur Delamare ? Bonsoir. Jacques Malevoix à l'appareil. Comment allez-vous ?

Merde, Malevoix ! Le Premier adjoint au maire… Philippe avait complètement oublié les réunions du Conseil municipal du vendredi soir. Qu'est-ce qu'il allait bien pouvoir lui raconter ?

– Bonsoir Monsieur Malevoix, répondit-il pour gagner du temps, je vais bien, merci. Et vous-même ?

– On fait aller. Excusez-moi de vous appeler au moment du repas mais je suis à la mairie, là. Nous sommes au complet et nous attendons votre épouse pour commencer. J'ai essayé de la joindre sur son portable, mais ça ne répond pas… C'est pourquoi je me suis permis de téléphoner à votre domicile. J'espère que vous n'êtes pas à table, je suis vraiment confus…

– Je vous en prie. Ce n'est rien. Mais je ne peux pas vous passer Christine, elle n'est pas à la maison.

– Vous voulez dire qu'elle est déjà en route pour la mairie ?

– Eh bien…euh… j'arrive à l'instant du bureau … En fait, j'ignore comment ma femme a organisé sa journée. J'ai bien peur de ne pas pouvoir vous aider.

– Ah, fit l'adjoint, déçu, vous ne savez pas où elle est ? C'est ennuyeux… – Mais après tout Madame Delamare est peut-être simplement en retard. Je serais très surpris qu'elle nous ait fait faux bond. C'est que votre épouse attachait beaucoup d'importance à notre réunion de ce soir. Nous devions discuter du Château de Virelonde et c'est elle-même qui avait insisté pour que la question soit mise à l'ordre du jour. Vous savez sans doute que le château a été légué à la commune par Paolo Fabrelli, le chanteur d'opéra décédé l'année dernière…

Bien sûr, le château, se souvint Philippe, Christine lui avait parlé de cette affaire. Son dernier propriétaire, un ténor italien sans descendance, l'avait offert à la ville par testament. Le château de Virelonde avait été construit par un général d'Empire, Charles-Aimé Bérard, après la bataille victorieuse de Wagram. Trop cher à entretenir, ses descendants l'avaient vendu à un décorateur de renom qui en avait fait sa vitrine parce qu'il ne se situait pas trop loin de Paris, puis, au décès de celui-ci, il avait été racheté par un très célèbre chanteur d'opéra…

Et maintenant c'était la commune de Grécourt qui en avait hérité. Un cadeau empoisonné, d'après Christine. En tout cas, toujours selon sa femme, ça faisait plusieurs mois qu'il empoisonnait l'atmosphère au Conseil.

– Virelonde ? Mais oui, bien sûr, abonda Philippe content de changer de sujet. Quel magnifique bâtiment ! Il y a sûrement des choses intéressantes à y faire, le lieu doit offrir de nombreuses possibilités…

– Trop, s'esclaffa le Premier adjoint, des possibilités, il n'y en a que trop ! Encore faudrait-il qu'on parvienne à se mettre d'accord ! Enfin, ne soyons pas pessimistes, avec le temps, nous réussirons bien à en faire quelque chose.

Sur quoi, émettant le vœu que la Deuxième adjointe ne tarderait pas à les rejoindre, il souhaita le bonsoir à Philippe en s'excusant encore pour le dérangement.

Finalement, la famille dut bien reconnaître qu'elle était sans nouvelles de Christine depuis plus d'une semaine. Rosa, qui venait tous les jours à l'appartement, commençait à trouver bizarre l'absence de sa patronne. Elle n'avait encore rien osé dire mais on voyait bien à sa mine soucieuse qu'elle commençait à se poser des questions. L'explication que Philippe lui avait donnée, prétendant que sa femme était en voyage, qu'elle avait dû partir brusquement pour régler une affaire urgente concernant ses parents, ne l'avait pas convaincue pour la bonne raison que, lorsque sa patronne s'absentait, elle lui téléphonait deux fois par jour pour s'assurer que tout allait bien et lui donner ses consignes. Bref, que même à distance elle était tout le temps sur son dos.

Rosa était une employée de maison professionnelle. Elle n'ignorait pas que, même quand on n'a pas signé un contrat assorti d'une clause de confidentialité draconienne, être au service de gens riches, de personnes en vue exige une totale discrétion. Mais il ne s'agissait pas là de menus événements survenus chez ses employeurs. Après dix jours d'absence inexpliquée, ignorant que la police était déjà prévenue, Rosa commençait à craindre qu'il ne soit arrivé quelque chose de grave à sa patronne et que son propre silence ne la rende complice d'un délit, peut-être même d'un crime. Son devoir n'était-il pas de prévenir la gendarmerie ?

Elle commença par demander conseil à son mari, un brave maçon auquel la délation répugnait, qui n'avait pas la moindre idée ce qu'il fallait faire et qui s'était contenté de faire remarquer à sa femme qu'une telle démarche, si elle n'était pas justifiée, lui ferait perdre son emploi. Sur quoi, Rosa était allée solliciter l'avis de sa meilleure copine, Gabriella, employée de maison également, laquelle s'était empressée de tout raconter à sa patronne.

Et à partir de là, comme la famille le craignait depuis le début, la nouvelle que la bru d'Elisabeth Delamare, l'épouse de son fils cadet, avait disparu s'était engouffrée dans la ville comme une bourrasque.

A Saint-Servin, les appels téléphoniques se mirent à pleuvoir. Amis proches ou relations lointaines, tout le monde voulait savoir si la rumeur était fondée. Quand Elisabeth l'avait confirmée (« *Hélas oui, cher ami, cher docteur, ma bonne amie, mon cher maître, nous sommes sans nouvelles de Christine depuis plusieurs jours, mon fils Philippe et moi-même sommes plongés dans le plus grand désarroi,* etc »), ils l'assuraient de leur compassion et lui proposaient leur aide. Si jamais ils pouvaient être utiles à quelque chose, surtout qu'elle n'hésite pas, ils étaient là, elle pouvait compter sur eux. Elisabeth remerciait, puis raccrochait, un sourire désabusé aux lèvres. Elle n'était pas dupe. Tous ces gens étaient impatients de colporter la nouvelle à leur tour. On sentait une espèce d'excitation dans leur voix. Ils en salivaient d'avance.

En réalité, ils se moquaient bien du sort de la disparue. Malgré son mariage avec l'un de ses plus éminents représentants, le fils de la riche et influente Elisabeth Delamare, la bonne société de Grécourt n'avait jamais admis Christine comme une des leurs. C'était une fille sans « nom », sans fortune, sortie on ne savait trop d'où. De plus, en l'épousant, Philippe avait déçu les espérances de deux ou trois mères de famille qui voyaient en lui un excellent parti pour leur fille. Elles avaient vécu ça comme une espèce de trahison. On avait beau être moderne, on savait bien, au fond, qu'il ne sortirait rien de bon d'un mariage si mal assorti. Il était facile de prévoir que tout ça se terminerait mal.

D'un autre côté, cette affaire rompait la monotonie. Enfin quelque chose à se mettre sous la dent, un fait divers bien saignant, sinon sanglant, et qui se passait dans leur milieu où il ne se passait généralement pas grand-chose, car c'était un milieu feutré où les histoires scabreuses qui pouvaient survenir au sein des familles étaient soigneusement étouffées.

Elisabeth le savait, la disparition de sa belle-fille n'avait pas fini d'alimenter les conversations.

Philippe s'étant décidé à faire une enquête discrète, il s'avéra que les dernières personnes qui avaient vu son épouse vivante étaient les employées de son coiffeur, le salon Bernardeau de la rue du Maréchal Foch.

A son entrée, le brouhaha de volière qui régnait ordinairement dans l'établissement, cessa brusquement. Philippe eut l'impression qu'on était en train de parler de lui, de sa famille, et que son apparition inattendue avait coupé net le sifflet des commères. Dans un silence de cathédrale, la directrice de l'établissement, une accorte cinquantenaire aux cheveux blond platine qu'il connaissait un peu pour être venu quelques fois chercher sa femme, se porta à sa rencontre avec un empressement embarrassé.

En réponse à la question de Philippe, s'en tenant à une attitude très professionnelle, elle retourna à son bureau consulter son livre de rendez-vous. « Voyez vous-même, dit-elle en lui présentant la page, la dernière fois que Madame Delamare est venue se faire coiffer chez nous, c'était le samedi 6 juillet à 16 heures. Elle est repartie vers 17 heures quinze, l'heure de notre rendez-vous suivant. Votre épouse était venue pour une teinture...

– Une teinture, vous êtes sûre ? demanda Philippe, très surpris. Ma femme s'est fait faire une teinture ?

– Seulement les mèches. A sa demande, nous lui avons fait des mèches blond doré qui faisaient un bel effet cuivré sur ses cheveux châtains.

– Et vous lui faites cela souvent ? Je veux dire, ma femme avait l'habitude de se faire teindre les cheveux ?

– Non, Monsieur. En tout cas, chez nous, c'était la première fois. Elle nous avait apporté un modèle, un magazine avec la photo d'une actrice, je crois que c'était Sophie Marceau. Elle nous a demandé la même couleur exactement. On a trouvé que c'était une bonne idée. Le résultat était parfait. Madame Delamare avait, pardon, a beaucoup de goût, conclut la coiffeuse en raccompagnant son visiteur.

Aussitôt la porte refermée sur lui, les bavardages repartirent de plus belle, le brouhaha se réinstalla entre les murs roses du Salon Bernardeau. Le « palais des ragots », comme l'appelait Elisabeth, le chaudron inlassablement touillé d'où s'échappaient les vapeurs délétères de la médisance et de la calomnie.

Les autres témoignages émanant de personnes qui avaient eu affaire à Christine que Philippe put recueillir au cours de sa brève enquête – une relation qui avait bu un thé avec elle au Café de Paris, la kiné qui lui avait fait son massage hebdomadaire, une voisine qui l'avait croisée en faisant des courses, la teinturière chez qui elle était allée retirer des vêtements –, se situaient plus tôt dans la semaine. Aucune des quatre n'avait remarqué quelque chose de changé dans sa façon d'être ni n'avait reçu de confidence particulière. Madame Delamare était sociable et souriante comme à l'accoutumée.

Il avait également téléphoné à sa mère, Marie-Thérèse Lavergne, qui habitait à Saint-Brieuc en Bretagne. D'une voix avinée, celle-ci lui avait répondu qu'elle n'avait pas de nouvelles de sa fille depuis dix ans et l'avait carrément envoyé sur les roses.

En résumé, tout ce que Philippe avait appris, c'était que sa femme avait été vue pour la dernière fois, en bonne santé et semblable à elle-même, le samedi 6 juillet à cinq heures du soir.

Autant dire pas grand-chose.

La cuisine remise en ordre après le dîner, Delphine Allard repassa dans le séjour. Elle s'assit dans son fauteuil préféré et se laissa aller avec volupté contre le dossier. Ses enfants sur la côte normande auprès de leur grand-mère, elle jouissait depuis quelques jours d'une parfaite tranquillité.

Jérôme lisait *Le Monde* dans un coin de canapé. Près de lui, sur une table basse, le verre de cognac qu'il s'était servi pendant que sa femme était occupée dans la cuisine luisait sous un gros abat-jour. D'autres abat-jours disséminés dans la pièce spacieuse mais douillette diffusaient une lumière douce. Un cadre sécurisant dans lequel Delphine se blottissait comme dans un cocon. Il y avait maintenant trois semaines que Christine s'était comme évanouie, effacée du paysage et il fallait bien admettre que la disparition de sa belle-sœur n'avait pas bouleversé sa vie. Pour elle, c'était tout ce qui comptait. L'équilibre et l'harmonie de son intérieur, de sa propre existence.

Delphine était la cadette d'un notaire de Grécourt qui avait eu trois filles. Tout juste majeures, ses deux sœurs s'étaient éparpillées dans le monde. L'une avait fait des études juridiques dans une université américaine et, son diplôme en poche, spécialisée dans le droit des affaires, elle s'était installée à Philadelphie où elle travaillait dans un cabinet d'avocats. L'autre s'était mariée très jeune et vivait sur la côte amalfitaine avec son époux, un agent immobilier italien prospère qu'elle avait rencontré pendant les vacances. Delphine seule était restée à Grécourt et elle se trouvait bien là.

Jérôme et elle avait fait leurs études secondaires dans le même lycée, sans jamais se connaître, en raison de leur différence d'âge. Cinq ans, c'est un gouffre pour des lycéens. Quand elle avait atteint ses seize ans, l'âge de ses premières sorties, celui qui allait devenir son mari se trouvait à Paris où il étudiait la chirurgie dentaire. Ils avaient fait connaissance à son retour, quand Jérôme était revenu à Grécourt pour y exercer sa profession.

Ils s'étaient rencontrés à cheval, dans les allées du bois de Virelonde. Tous deux étaient inscrits au même club hippique, *Le Centre équestre des Roches.* De l'avis général, chacun représentait ce qu'on appelle un beau parti. Fille d'un notaire fortuné, Delphine avait un bel héritage en perspective, même s'il serait forcément divisé en trois. Jérôme, s'il n'était pas un Delamare, si le nom qu'il portait, Allard, n'était que celui d'un père fantasque et fauché, n'en appartenait pas moins à l'une des familles les mieux considérées de la ville et il venait d'ouvrir, grâce à l'aide substantielle de sa mère, un cabinet idéalement situé et à l'équipement ultramoderne.

Jérôme et Delphine s'étaient plu. Ils s'étaient reconnus dans leur attachement commun à leurs racines. C'était des gens qui savaient qui ils étaient, à quel monde ils appartenaient.

Delphine n'en était pas pour autant une personne orgueilleuse ou intolérante. Elle avait même un certain sens de l'humour. Comme tout le monde, elle avait été surprise quand Philippe, un dimanche – tout se passait le dimanche dans cette famille –, était arrivé avec une jeune femme dont il n'avait jamais parlé à quiconque auparavant et qu'il avait présentée comme sa fiancée. Philippe était le directeur associé d'une agence de publicité, située place Vendôme à Paris, où Christine

Lavergne, sa fiancée donc, était employée comme secrétaire. Mais cette espèce de mésalliance avait plutôt amusé Delphine. C'est vrai, d'habitude ce sont de vieux messieurs impotents ou alcooliques, enfin les vieux bonhommes diminués qui épousent leur secrétaire, leur infirmière, voire leur domestique, la femme devenue indispensable qui prend soin d'eux et de leur intérieur. Pas de jeunes hommes comme Philippe, qui n'avait que vingt-sept ans à l'époque. Mais elle s'était dit que ce n'était pas son affaire et que chacun conduisait sa vie comme il l'entendait. Du moment que ça ne se passait pas chez elle…

Comme tout le monde cependant, elle s'était demandé ce qu'il lui trouvait. Car, sans être laide, l'élue n'était pas particulièrement jolie. Elle avait des yeux bleus légèrement globuleux, des cheveux châtains sans éclat, le teint pâlichon des Parisiennes qui passent le plus clair de leurs journées dans un bureau. Plutôt petite, elle n'avait même pas la stature qui, faute de mieux, vous confère de la prestance, un semblant de distinction. Elle n'était pas coiffée avec classe et ne savait pas s'habiller. Bref, c'était une personne quelconque, rien de ce qu'on se serait attendu à voir aux côtés du jeune patron fringant d'une agence de publicité.

Avec les gens que sa profession l'amenait à fréquenter à Paris, personne n'aurait osé espérer, pas même sa mère, Elisabeth, que Philippe leur présenterait une jeune fille de la bonne société de Grécourt, mais on imaginait qu'il épouserait un mannequin, une artiste du genre photographe, ou alors une jeune comédienne, une chanteuse, probablement sans fortune mais belle, élégante, enfin quelqu'un qui ferait honneur à la famille et lui donnerait de beaux enfants…

— Il était quand même un peu bancal, ce mariage, dit Delphine poursuivant le cours de ses pensées à voix haute.

– Oui, hein…, l'approuva son mari, devinant à qui elle songeait.

– Si tu veux mon avis, Christine en a eu assez et elle est partie. Ce n'est pas plus compliqué que ça. J'ai toujours eu le sentiment qu'elle ne se sentait pas à l'aise parmi nous. Elle n'avait pas adopté nos manières. Après cinq ans de mariage, elle aurait pu faire un effort, tu ne crois pas ? Au lieu de ça, je l'ai toujours sentie réticente. Par moments elle avait de ces regards, je te jure, on aurait dit qu'elle était excédée. D'un autre côté, si on y réfléchit, on peut la comprendre. La pauvre ne devait pas se sentir à sa place. Ça ne devait pas être facile, pour elle…

– Elle avait des compensations.

– Comment cela ?

– Des compensations matérielles. Philippe ne lui refusait rien.

– Ah oui, des compensations matérielles, répéta Delphine sans conviction.

Pour cette jeune femme qui n'avait jamais manqué de rien, qui avait toujours obtenu ce qu'elle désirait sans avoir à lever le petit doigt, les avantages matériels n'avaient guère de valeur. L'argent allait de soi.

– Tu crois qu'elle s'entendait bien avec ton frère ?

– Je n'en sais rien. Philippe ne me fait pas de confidences.

– Je dis ça parce qu'il ne serait pas impossible qu'elle ait rencontré quelqu'un. Ça peut arriver de faire une rencontre…

Amusé, Jérôme leva le nez de son journal :

– Rencontrer qui ? Où ça ? Ici, à Grécourt ?

– Peut-être pas ici. Mais à Saint-Pétersbourg, par exemple, quand elle a fait ce voyage avec ta sœur en février.

– Un milliardaire russe, tu veux dire ?

– Pourquoi pas ?

Jérôme éclata de rire :

— Ha ha, Christine n'est pas exactement le genre de nana qui plaît aux oligarques ! Elle n'a rien d'une bimbo !

— Mais quelquefois, tu sais, certaines femmes qui ne sont pas particulièrement jolies peuvent être de redoutables séductrices. Des femmes qu'aucun homme ne regarderait dans la rue.

— Christine, une séductrice ! s'esclaffa Jérôme.

— Qu'est-ce que c'est que cet air averti, le taquina sa femme, tu en connais beaucoup ?

— De quoi ?

— Des séductrices.

Il leva les yeux au ciel.

— Tu ne savais pas ? Je suis le dentiste des danseuses du *Crazy*. C'est un vrai défilé au cabinet.

— En tout cas Christine doit bien se trouver quelque part, elle n'a pas pu se volatiliser. Même si les avis de recherche n'ont encore rien donné.

En effet, les avis avec photo mis en ligne par Philippe sur les réseaux sociaux et sur les sites spécialisés d'Internet étaient restés sans réponse. De même que ceux publiés dans la presse nationale, *Le Figaro, Le Monde*...

— Il aura peut-être plus de chance avec les journaux locaux. Il vient d'en mettre un dans *Le Messager des Yvelines* et un autre dans *Ile-de-France Ouest*. L'avis paraît demain.

— Et la police qui ne bouge pas, tu te rends compte ? C'est une chose que je n'arrive pas à comprendre. Tu sais ce que ta mère m'a dit ? Que le commissaire Benoist leur avait expliqué que les recherches dans l'intérêt des familles, les RIF ils appellent ça, ont été supprimées. Sauf en cas de disparition inquiétante...

— Et bien entendu ils n'ont pas trouvé la disparition de Christine inquiétante ?

– Non. Pour les adultes, ils n'ouvrent une enquête que si les disparus sont des personnes vulnérables, des personnes malades ou fragiles mentalement, dépressives ou suicidaires, enfin tu vois. Ils ne veulent plus dépenser l'argent des contribuables à rechercher des gens qui se sont offert une virée et rentrent au bercail quelques jours plus tard. Parce que dans la plupart des cas, c'est comme ça que ça se passe. Tu le savais, toi ?

– ...

– Tu le savais ? répéta sa femme.

– Quoi ?

– Que les RIF avaient été supprimées. Que la police ne s'intéressait plus aux personnes majeures et en bonne santé disparues ?

– ... Non, dit Jérôme, et il se replongea dans sa lecture.

Chapitre 2

Réveillé spontanément, Raymond Lecoin, paisible retraité d'EDF, consulta la pendulette posée sur sa table de nuit. Neuf heures et demie. Il avait dormi comme un loir. Dehors, le soleil brillait dans le ciel d'un bleu uniforme. Raymond sortit de son lit, enfila sa robe de chambre et, priorité des priorités, se rendit à l'arrière de sa maison pour examiner son potager.

En se promenant dans les allées, il arracha quelques herbes folles, dégagea des tiges qu'il jugeait trop feuillues et, après un coup d'œil satisfait sur l'impeccable alignement de ses tomates, de ses choux, de ses poireaux et de ses plants de concombres, il alla retirer son courrier de la boîte aux lettres et rentra chez lui préparer son petit-déjeuner.

Sa table mise, laissant tiédir son café au lait fumant, il ôta la bande de protection et ouvrit *Le Messager des Yvelines,* l'hebdo départemental auquel il était abonné. Il parcourut d'un œil blasé les titres des pages politiques, balaya distraitement les faire-part de décès et de mariage, s'attarda un peu plus sur les faits divers. Il en était à survoler les Petites Annonces quand, en bas de page, un avis de recherche retint son attention. Il était question d'une femme de trente-et-un ans, un mètre soixante, cheveux châtain, yeux bleus, conduisant peut-être une Mini beige et marron.

C'est la Mini qui avait fait tilt. Il l'avait vue, cette voiture, il en était sûr. Quelques semaines plus tôt, en se rendant au marché au volant de sa Scénic – un dimanche donc, puisque le marché se tenait à Grécourt, sur la place de l'Eglise, tous les dimanches matin –, parvenu au deuxième croisement, il avait aperçu une Mini bicolore, aux couleurs peu courantes précisées dans la description, qui s'engageait sur la route du bois de Virelonde.

L'avis donnait un numéro de téléphone à contacter. Mais Raymond Lecoin hésitait. Premièrement, les deux voitures roulant à la vitesse réglementaire de 90 kilomètres à l'heure, il n'avait pas eu le temps de voir qui conduisait la Mini. Il n'aurait même pas su dire si c'était un homme ou une femme. Deuxièmement, Raymond aimait sa tranquillité. Il n'était pas pressé de s'embarquer dans une histoire qui le mènerait Dieu sait où. Et il n'avait aucune envie de découvrir sa binette dans le journal. Cependant c'était un bon citoyen et il sentait bien qu'il n'avait pas le droit de garder ce qu'il avait vu pour lui.

Indécis sur la conduite à tenir, cherchant à qui demander conseil, il se souvint qu'il avait pour voisin un gendarme, Jean-Pierre Duroy, un type sympathique qui habitait dans sa rue trois numéros plus loin. Il attendit pour l'appeler qu'il fût rentré chez lui et alla le soir même lui raconter son histoire.

A la gendarmerie de Grécourt, évidemment, on était au courant de la disparition de Christine Delamare.

Sans parler de la rumeur qui, comme à tout le monde, leur était parvenue aux oreilles, leur plainte ayant été refoulée par le commissariat Elisabeth et Philippe étaient allés demander de l'aide aux gendarmes – sans plus de succès. Ce qui était valable pour la police l'était également pour la gendarmerie : les recherches dans l'intérêt des familles n'étaient plus d'actualité.

Pourtant, en apprenant de la bouche du gendarme Duroy que la voiture de la disparue avait été aperçue, le jour même de sa disparition, se dirigeant vers le bois de Virelonde, il y eut un déclic dans la tête du brigadier-chef Vollard.

Jogging.

Bien qu'aucune agression de joggeuse n'ait encore été à déplorer sur le territoire de sa commune, rien qu'au cours de l'année précédente, il y avait eu trois attaques de ce genre dans d'autres communes des Yvelines, un département riche de près de 70.000 hectares de forêts, le plus boisé d'Ile-de-France.

Et le brigadier-chef avait eu tout le temps de réfléchir à la question. Pas difficile pour un homme normalement constitué, même très viril, de se mettre à la place de ces types rendus fous par de belles jeunes femmes courant comme des biches à travers bois, de comprendre ce qu'ils pouvaient ressentir. L'excitation de la chasse, le désir exacerbé pendant l'affût, la course après leur proie, laquelle, portant parfois un casque pour courir au son d'une musique entraînante, ne les entendait même pas s'approcher... Et soudain c'était l'explosion, l'assouvissement, l'apothéose !!!... Mais ensuite, comme après l'absorption d'une drogue, venait la descente et, par peur d'être dénoncé, l'élimination de leur victime.

Le problème était que ces ordures échappaient trop souvent aux recherches parce qu'ils n'avaient pas de profil défini. Il pouvait s'agir, quoique rarement, de tueurs en série. Ou alors d'assassins occasionnels, des marginaux, de pauvres hères crasseux, sans domicile et sans visage, venus de nulle part et aussitôt enfuis, évaporés dans la nature. Mais tout aussi bien de respectables pères de famille, pris d'un désir irrépressible. Certains, parmi ces derniers, n'osant pas aller jusqu'au bout, se limitaient à un viol symbolique, comme ce joggeur dont on avait parlé quelques mois plus tôt dans *Le Messager* et qui, après avoir agrippé une jeune femme par surprise, s'était contenté de lui peloter les seins, les fesses, le sexe et avait continué sa course comme si de rien n'était...

Oui, s'était promis le brigadier Vollard, si un jour une agression de joggeuse se produisait dans sa commune, et s'il en attrapait un, de ces salopards, il lui ferait passer un mauvais quart d'heure.

En attendant, la première chose à faire était de convoquer le témoin entendu par Duroy. S'assurer que la personne était fiable. Pas un papy désoccupé qui aurait trouvé un moyen de se distraire et de se rendre intéressant.

L'homme qui pénétra dans son bureau le lendemain matin lui fit immédiatement bonne impression. C'était un pépère d'environ soixante-dix ans, au visage honnête, l'air plutôt ennuyé d'être là. Pas la physionomie d'un vieux bonhomme venu faire le malin.

– Ce qui m'étonne, remarqua le brigadier-chef quand Raymond Lecoin lui eut exposé son affaire, c'est que vous ne nous ayez pas avertis plus tôt. Vous aviez pourtant bien entendu dire qu'une femme avait disparu ?

– J'en avais entendu parler, oui, mais j'avais pas fait attention. Cette dame, je savais pas qui c'était.

– Christine Delamare. Son nom était publié partout. Les Delamare sont pourtant connus à Grécourt, ce sont des gens qui comptent.

– Peut-être, mais moi je connais pas ce monde-là. Et puis en général j'écoute pas trop les cancans. C'est hier, quand je suis tombé sur l'avis de recherche dans le journal, avec la description de la voiture. Alors là je me suis rappelé que j'avais déjà vu une Mini de la même couleur. Beige et marron. Des voitures comme ça, on n'en voit pas tous les jours.

– C'était quel jour exactement ?

– Le 7 juillet.

– Vous êtes sûr de la date ?

– Sûr et certain. C'était en allant à Grécourt, au marché de la place de l'Eglise. Il se tient tous les dimanches, mais moi j'y vais seulement une semaine sur deux. La dernière fois, c'était le dimanche 21. Et la fois d'avant, c'était le premier dimanche du mois, le 7 juillet.

– Il était quelle heure quand vous avez vu la voiture ?

– Je dirais autour de huit heures un quart. J'étais parti de chez moi à huit heures. J'habite à la campagne, à trente-huit kilomètres, et je mets environ trente minutes pour aller au marché. Un quart d'heure plus tard je suis arrivé au deuxième croisement et c'est là que j'ai aperçu la Mini. Elle avait pris la route de Virelonde, elle filait droit sur le bois.

– Vous avez vu le conducteur ?

– Non, j'ai même pas essayé. La voiture roulait vite et j'avais pas de raison d'y regarder de plus près. Mais si vous dites que c'était celle de Christine Delamare, alors ça devait bien être elle qui la conduisait.

– A votre avis, qu'est-ce qu'elle pouvait bien aller faire dans le bois de si bon matin ? lui demanda le brigadier en plongeant brusquement dans ses yeux un regard soupçonneux.

– Aucune idée. C'est juste que j'ai remarqué la voiture, voilà. C'est tout ce que je peux dire.

Prudent, le témoin se hâta d'ajouter : « A la demie, je suis arrivé au marché et tout le monde m'a vu. »

La première personne à convoquer après avoir entendu Raymond Lecoin était le mari de la disparue. Le brigadier Vollard le connaissait déjà. Trois semaines plus tôt, c'est lui-même qui l'avait entendu quand il s'était présenté à la gendarmerie, en compagnie de sa mère, pour signaler la disparition de son épouse après que le commissariat les avait envoyés bouler. C'était un homme jeune, au début de la trentaine, genre fils de famille, vêtu dès le matin comme une gravure de mode. D'après ce qu'il avait déclaré, il dirigeait une agence de publicité parisienne.

Malgré son costume impeccablement coupé et qui en imposait, Vollard ne lui avait pas trouvé une personnalité foudroyante. C'était la mère qui avait parlé presque tout le temps. Sa belle-fille avait disparu, il fallait absolument faire quelque chose, il était inadmissible que la gendarmerie et la police restent les bras croisés. La rengaine habituelle. Le fiston ne bronchait pas, il n'avait pratiquement pas pris la parole, pas interrompu sa mère une seule fois, même pas pour la soutenir.

Cette dame acariâtre, Elisabeth Delamare, le brigadier n'était pas pressé de la revoir. Pour cette deuxième entrevue, il ferait venir le fiston tout seul. Ils pourraient discuter tranquillement en tête-à-tête.

A présent, Philippe Delamare était devant lui, toujours sur son trente-et-un, mais dans un autre costume, un costume gris visiblement taillé sur mesure. Il portait une chemise blanche à col raide et une cravate de soie tricotée. Ses chaussures reluisaient, ses talons martelaient le parquet. Avec des souliers pareils, il aurait pu faire des claquettes.

– Je n'ai pas beaucoup de temps à vous accorder, s'excusa-t-il en prenant tout de même le siège que le brigadier lui désignait. Je n'ai trouvé votre convocation qu'hier soir et j'ai un rendez-vous que je ne peux pas déplacer à onze heures.

– Ce ne sera pas long. Je voudrais seulement qu'on reparle un peu de votre épouse. Vous n'avez toujours pas de nouvelles ?

– Pas la moindre. Pas un signe depuis bientôt un mois.

– Vous avez pris contact avec sa famille ?

– Oui. Ma femme n'était pas chez sa mère.

– Et vous n'avez pas idée d'un autre endroit où elle aurait pu aller ? Parfois, cela arrive, les gens éprouvent le besoin de se retrouver seuls. Et souvent, sans prévenir personne, ils retournent dans un lieu qui signifie beaucoup pour eux. Par exemple, un village où ils passaient leurs vacances quand ils étaient petits, ou une ville qui leur rappelle des moments heureux… Votre épouse ne vous a jamais parlé d'un endroit auquel elle était attachée ?

– Pas que je me souvienne. Christine n'évoquait jamais son passé. Elle ne pensait qu'à l'avenir.

– Avez-vous regardé s'il manquait des vêtements dans ses affaires ? Quelque chose qu'elle aurait pu emporter en partant ?

– Des vêtements, elle en possède beaucoup. Je ne les connais pas tous. Je serais bien incapable de dire s'il en manque.

– Une valise ? Un sac de voyage ?

– Pareil. Je ne peux pas savoir. Des valises, des sacs de voyage, de week-end, elle en a bien dix ou douze.

– D'après ce que votre mère m'a dit l'autre jour, votre épouse était issue d'un milieu modeste. Où l'avez-vous rencontrée ?

– Dans mon entreprise. C'était une secrétaire de l'agence.

– La vôtre, votre secrétaire ?

– Non. Elle travaillait au service Marketing. Elle gérait le planning de quatre commerciaux.

– Elle était la secrétaire de *quatre* commerciaux ? se fit répéter le brigadier, se rappelant les épineux problèmes de secrétariat de sa gendarmerie.

– C'est exact. Nos commerciaux rédigent eux-mêmes leur courrier sur leur ordinateur. Christine les aidait parfois pour les lettres délicates, et elle corrigeait leurs fautes d'orthographe, mais son travail constituait essentiellement à organiser leurs rendez-vous.

Le brigadier joua la surprise :

– Et vous l'avez épousée ? Vous avez fait entrer l'une de vos employées dans votre famille ?

– Il s'était passé quelque chose entre nous, répondit Delamare. Quelque chose de sérieux. Christine avait des qualités. Elle était intelligente et elle avait du caractère. Nous nous entendions. Je me sentais bien avec elle.

Il avait parlé au passé. Vollard nota une certaine distance.

– Vous êtes mariés depuis combien de temps ?

– Cinq ans.

– Et ces derniers temps, vous vous entendiez toujours ?

– Parfaitement.

– Votre femme venait d'un milieu très différent du vôtre. Au bout de cinq ans, des désaccords auraient pu survenir. Des divergences dans vos façons de voir, des incompatibilités…

– Ce n'était pas le cas.

– Et votre famille avait accepté ce mariage… euh… mal assorti ?

– Ma famille a l'esprit ouvert.

L'esprit ouvert, ce n'était pas l'impression que la mère avait faite au brigadier. Quant au fils, il lui faisait l'effet d'un type plutôt froid, pas spécialement ouvert aux autres.Vollard n'avait pas la compétence d'un psychologue mais il avait une certaine habitude des témoins et, compte tenu des circonstances dramatiques qui l'amenaient devant lui, celui-ci lui paraissait extraordinairement calme, presque indifférent. Il ne jouait pas au mari inquiet, c'était à mettre à son crédit, mais son attitude détachée, son air ailleurs étaient troublants. Déjà, pendant leur première entrevue, il s'était à peine exprimé, s'en remettant à sa mère pour exposer leur affaire. Il n'était pas nécessaire d'être expert pour comprendre que le conjoint de la disparue avait un caractère introverti et secret.

Le témoin interrompit les réflexions du brigadier :

– Vous avez une autre question ?

– Quelques-unes. Dites-moi, Monsieur Delamare, est-ce que votre femme pratiquait le jogging ?

– De temps en temps. Pas régulièrement. Ce n'était pas le genre de joggeuse accro qui va courir à six heures tous les matins.

– Quand vous lui avez parlé, le jour de votre départ du Brésil... C'est bien ce que vous m'avez dit l'autre fois ? Que vous aviez téléphoné à votre épouse le samedi soir, juste avant de prendre l'avion qui vous ramenait en France ?

– C'est exact. J'ai prévenu Christine que j'étais sur le point de partir et nous avons confirmé notre rendez-vous chez maman pour le lendemain à midi.

– Et bien, à ce moment-là, quand vous vous êtes parlé, est-ce que votre épouse vous a dit ce qu'elle avait l'intention de faire le dimanche matin avant de se rendre chez votre mère ?

– Je ne crois pas. Non, elle n'a rien mentionné de spécial. Du jogging, vous voulez dire ? Elle m'aurait dit qu'elle projetait d'aller courir avant le déjeuner chez maman ?

– C'est ça.

– Non. Elle ne m'a rien dit de ce genre. Mais qu'est-ce qui se passe, brigadier ? Quelqu'un a vu ma femme ce dimanche-là ?

– Un homme prétend avoir aperçu sa voiture sur la route du bois de Virelonde. C'est là qu'elle allait courir d'habitude ?

– Parfois. Et aussi au parc Victor-Hugo, le matin, juste à l'ouverture. Cet homme l'aurait vue à quelle heure ?

– Vers huit heures quinze, à deux ou trois minutes près. Il est assez précis sur l'heure. Il était parti de chez lui à huit heures tapantes et c'est un trajet qu'il connaît bien, il le fait deux fois par mois pour se rendre au marché. D'après lui, il a vu la Mini de votre femme un quart d'heure après son départ de chez lui, à proximité du croisement de Virelonde, elle se dirigeait vers le bois.

– Qui c'est, ce Monsieur ?

– Un témoin. Il a lu votre avis de recherche dans *Le Messager des Yvelines* et il s'est souvenu de la voiture.

– Il est fiable ?

– A priori, oui. C'est un retraité, un père tranquille. Il n'a pas l'air d'un type avide de publicité.

– En admettant qu'il ait vu la Mini, observa Delamare, et que ce soit bien celle de Christine, s'il était arrivé quelque chose à ma femme pendant son jogging, on aurait retrouvé sa voiture à proximité. A l'orée du bois ou dans un sentier.

– C'est bien ce qui m'intrigue.

– Alors, c'est pour ça que vous m'avez fait venir ? Vous allez enfin ouvrir une enquête ?

– Possible, répondit le brigadier la mine grave et d'un ton vaguement menaçant.

Philippe Delamare reçut le message. Evidemment, si la gendarmerie commençait les recherches, le témoin numéro un, le premier suspect, c'était lui : le mari.

Il consulta ostensiblement sa montre :

– Je peux m'en aller, à présent ? Mon rendez-vous...

– Allez-y, lui permit Vollard. Mais restez dans les parages. Et si vous devez partir en voyage, n'oubliez pas de prévenir la gendarmerie.

Demeuré seul dans son bureau, le brigadier réfléchissait. S'il obtenait le feu vert pour ouvrir son enquête, l'acte qui s'imposerait en premier lieu, dans l'hypothèse où la disparue avait été attaquée pendant son jogging, ce serait une battue dans le bois de Virelonde.

Son intuition lui soufflait que la jeune femme pouvait se trouver là, gisant quelque part dans les fourrés, et que si c'était le cas on aurait vite fait de la découvrir. Et il voyait bien que ce ne serait pas mauvais pour lui de retrouver un membre d'une famille honorablement connue de la ville, de résoudre l'énigme de sa disparition, puis de réussir à mettre la main sur le coupable. Qu'un tel succès lui vaudrait à coup sûr l'estime de ses chefs et la reconnaissance de ses concitoyens.

Pourtant il hésitait. Virelonde n'était qu'un petit bois, de trois kilomètres sur quatre environ, mais ça représentait tout de même 1200 hectares à explorer. Déplacer des éléments de la gendarmerie mobile, organiser une battue sur un seul témoignage – de bonne foi mais peut-être erroné – était hasardeux. Un témoignage visuel, de loin qui plus est et vieux de trois semaines, quand on connaissait les récits fantaisistes fournis par plusieurs témoins ayant assisté à la même scène, les différences, voire les incohérences dans leurs descriptions, pour déclencher le branle-bas d'une battue, c'était un peu juste.

Il fallait trouver autre chose.

– Rosa Caldeira, se présenta l'employée de maison des Delamare.

– Date et lieu de naissance ?

– Porto, le 6 mai 1969.

Tout en prenant ses réponses, le brigadier observait son témoin. La personne qu'il avait devant lui était une petite femme brune un peu boulotte, avec un visage à l'ovale parfait en dépit de sa quarantaine sonnée, légèrement empâté, juste ce qu'il fallait pour qu'il apparût sans rides : le visage d'une femme qui ne se maquillait pas, sinon peut-être à l'occasion d'une fête, qui n'avait jamais fumé, ne buvait pas, ne commettait aucun excès. Son regard était direct, sa convocation à la gendarmerie ne semblait pas l'intimider. L'habitude des contacts avec les services administratifs de son pays d'accueil, sans doute.

Les renseignements préliminaires consignés, le brigadier Vollard entra dans le vif du sujet. Le mari s'était déclaré incapable de dire s'il manquait des vêtements, une valise, un sac de voyage dans la garde-robe de Christine Delamare. Il aurait peut-être plus de chance avec la domestique.

– Je ne sais pas, répondit celle-ci à sa première question. Je m'occupe du ménage et de la cuisine, mais pas de la garde-robe. Je ne suis pas femme de chambre. Ma patronne prend soin de ses vêtements et de ceux de Monsieur elle-même.

– Vous ne les portez pas chez le teinturier ?

– Ça peut arriver, mais c'est rare. J'ai déjà bien assez à faire dans la maison. L'appartement est grand et Madame est très exigeante sur l'ordre et la propreté.

– Vous travaillez depuis combien de temps chez vos patrons ?

– Trois ans.

– Et en trois ans, vous n'avez jamais ouvert un placard ?

– Bien sûr que si. Pour ranger ou apporter quelque chose à Madame. Mais elle en a tant, des affaires, je ne saurais pas dire s'il en manque. Je pourrais pas être sûre, vous comprenez.

– Vous n'avez pas remarqué un vêtement particulier, une jolie robe que votre patronne aurait pu vous montrer ? Un vêtement auquel elle tenait et qui ne serait plus là ? Au moins un.

– Je ne m'en souviens plus, je vous dis. Les placards de son dressing, ils ont été faits sur mesure, ils font tout le tour de la pièce, et c'est pas une petite pièce, vous pouvez me croire. Comment voulez-vous que je m'y retrouve... Il y a des centaines de trucs là-dedans.

– Par exemple, un manteau de fourrure ?

– C'est l'été. Madame n'aurait pas pris un manteau de fourrure.

– Et ses bijoux ? Vous n'avez pas vu s'il en manquait ?

– Les bijoux, ils sont enfermés dans un petit coffre fort de son dressing, un coffre mural, et je ne connais pas la combinaison. Mais j'ai entendu Monsieur dire qu'ils étaient tous là. Sauf sa montre Cartier et son alliance.

– Il disait ça à qui ?

– A Madame Elisabeth.

– Vous me dites que vous ne vous occupez pas de la garde-robe, poursuivit le brigadier amenant tout doucement son interlocutrice où il voulait en venir. C'est entendu. Mais le linge ? Vous vous occupez bien du linge ? Vous faites tout de même la lessive ?

– Ça oui, je m'occupe du linge de maison et du linge de Monsieur. Lavage et repassage.

– Jamais de ceux de Madame ?

– Si, les affaires en coton, les T-shirts, les pyjamas, les sweats…

– Les vêtements de sport ?

– Oui, les chaussettes de tennis…

– Les survêtements, les tenues de jogging ?

– Oui.

– Elle en possède beaucoup, des tenues de jogging ?

– Cinq ou six.

– Et vous venez de me dire que c'est vous qui les lavez et qui les repassez ?

– Oui.

– Alors, Madame Caldeira, je vais vous demander un effort de mémoire. Elles sont comment, ces tenues de jogging ?

La domestique se concentra un instant.

– Il y en a une bleu ciel, et aussi une marine, marquée Vuitton… Et une vert foncé marquée Ralph Lauren.

– Ça fait trois.

– … Elle en a aussi une blanche à liseré rouge.

– Quelle marque ?

– Adidas, je crois.

– Et encore ?

– Je ne sais pas, je m'en rappelle plus.

– Vous avez dit cinq ou six. Réfléchissez encore, s'il vous plaît.

Le front de la domestique se plissa, deux rides se creusèrent entre ses sourcils. Puis elle s'écria :

– J'en sais rien, je vous dis !

Le brigadier s'accorda une pause, il gambergeait ferme. Quatre, c'était déjà ça. S'il manquait une seule tenue parmi celles que la domestique avait mentionnées, il tenait son deuxième témoin, et la preuve, ou tout au moins une forte présomption que Christine Delamare était allée faire son jogging le matin de sa disparition.

Ajouté au témoignage du retraité, ça pouvait suffire pour ouvrir une enquête.

– Bon, reprit-il, je vous remercie, Madame Caldeira. Vous nous avez bien aidés. Mais maintenant vous allez faire autre chose pour nous. Quelque chose de très, très utile. Ecoutez-moi bien. Vous allez retourner à l'appartement et examiner attentivement le placard ou la commode où Madame Delamare range ses joggings. Et vous me téléphonerez immédiatement pour me dire s'il manque l'un de ceux que vous venez de me citer, ou bien un autre dont vous vous seriez souvenue en route. Vous avez bien compris ? Et vous m'appellerez tout de suite après. Vous demanderez le brigadier-chef Vollard, ajouta-t-il pour l'impressionner.

– Bien sûr que j'ai compris. Je dois aller regarder si les survêtements sont tous là.

– C'est ça.

La domestique ne bougeait toujours pas. « Pourquoi, demanda-t-elle, vous pensez que Madame a été attaquée pendant son jogging ? ».

– Dépêchez-vous, Madame Caldeira. J'attends votre appel.

Celle-ci sortie, le brigadier quitta son fauteuil et se mit à faire les cent pas dans la pièce. Il ne tenait littéralement plus en place. Un seul jogging manquant et il pourrait commencer son enquête. Avec ça, il obtiendrait sans difficulté l'autorisation du procureur. Le témoignage de l'employée de maison ajouté à celui de l'homme qui avait remarqué la Mini suffirait. Ah oui, il la sentait bien cette affaire, et plus ça allait, plus il était certain d'être sur la bonne voie.

Il revint à son bureau, remua quelques papiers, puis il fouilla nerveusement dans sa poche et en sortit son paquet de Gauloises. Il en alluma une, abandonna de nouveau son siège et alla fumer sa cigarette – cigarette en principe interdite à la gendarmerie – à la fenêtre, les yeux fixés sur les murs de la cour sans les voir, l'esprit ailleurs.

Enfin, trois longs quarts d'heure plus tard, l'appel attendu arriva.

– C'est moi, annonça Rosa. J'ai bien tout regardé comme vous m'avez dit.

– Alors ?

– J'en ai trouvé cinq, des survêts. En plus de ceux que je me rappelais, il y en avait un gris foncé et un autre tout blanc sans liseré.

Foutu, pensa Vollard. Mais il se ravisa :

– Vous m'en avez cité quatre tout à l'heure. Avec les deux nouveaux, ça devrait faire six.

– Justement. Il manque le jogging vert foncé de chez Ralph Lauren. Celui-là, je l'ai trouvé nulle part.

– Vous en êtes sûre ?

– Ah, ça oui. J'ai été voir dans la lingerie s'il était pas resté sur l'étendoir et j'ai aussi regardé s'il avait pas été oublié dans le bac à linge. Mais ça, c'était pas possible, moi je laisse jamais traîner du linge sale. Il est pas dans les affaires de Madame Christine, ce jogging, vous pouvez me croire.

– Je vous crois, répondit le brigadier avec enthousiasme. Et je vous remercie bien, Madame Caldeira. Mais il faut revenir me voir en vitesse. J'ai besoin de votre déclaration écrite.

Ça baigne, jubilait le brigadier. Le survêtement manquant, et – selon ce que Rosa avait entendu dire par le mari – la totalité de ses bijoux (à part la montre Cartier et l'alliance qu'elle portait) figurant au coffre, on pouvait en déduire que la disparue était allée courir ce matin-là et qu'elle avait eu la malchance de faire une mauvaise rencontre. Une femme peut à la rigueur s'enfuir sans valise, il est tout à fait improbable qu'elle s'enfuie sans - ses bijoux, elle emporterait au moins ses préférés.

Pour compléter, il faudrait demander l'adresse du parking à la domestique et aller voir à quelle heure Christine Delamare avait sorti sa voiture. Après quoi il n'aurait plus qu'à vérifier le temps nécessaire pour arriver au croisement où le témoin l'avait aperçue. Si l'horaire collait, c'était bon.

Une demi-heure plus tard, sa déposition signée et Rosa retournée à ses occupations, le brigadier avala un sandwich et se rendit seul au parking Berthelot, dans l'avenue du même nom.

Le gardien était dans sa cage vitrée et venait de finir son déjeuner. Une vague odeur de frichti flottait encore dans la pièce exiguë. Vollard n'ayant pas encore ouvert son enquête, ni par conséquent obtenu de mandat, la démarche était délicate. Mais il se doutait bien que le gardien ne ferait pas de difficultés. L'homme n'avait aucune raison de contrarier la gendarmerie, ni les autorités en général. D'abord, il y avait tous ces pourboires plus que généreux reçus des chefs d'entreprise de l'immeuble, ses employeurs, et qui n'étaient probablement déclarés ni aux impôts, ni à l'URSSAF. Et puis Dieu sait à quelles activités plus ou moins licites, plus ou moins lucratives il pouvait se livrer sur son ordinateur pour passer le temps…

Le garage disposait d'une caméra unique, installée en haut du mur séparant l'entrée et la sortie. C'était une caméra fixe. Réglée sur focale courte, elle embrassait la largeur du garage, rétréci en goulot à cet endroit-là. Comme le brigadier l'avait prévu, le gardien s'installa sans se faire prier devant son écran de contrôle et fit reculer la bande jusqu'au dimanche 7 juillet.

La voiture apparut très vite à proximité de la sortie. Il stoppa le défilement. La plage horaire indiquait 07:50. Mais comme le garage, par économie, était éclairé au minimum le dimanche, l'image était sombre et floue. On ne distinguait pas bien la conductrice et encore moins les vêtements qu'elle portait. A peine devinait-on qu'il s'agissait d'une femme. D'ailleurs, c'était du noir et blanc. Tout ce qu'on voyait, c'était une Mini bicolore et par chance, assez nettement, son immatriculation. « C'est elle, dit le gardien, c'est bien la voiture de Mme Delamare, en ce moment nous n'avons qu'une Mini parmi nos pensionnaires. Il ouvrit le registre de ses « pensionnaires », comme il les appelait, chercha la bonne page et la mit sous les yeux du brigadier: « Regardez, chef, il n'y a pas de doute, c'est bien son numéro. »

Vollard remonta en voiture et prit la direction de la sortie. Le témoin Raymond Lecoin déclarait avoir aperçu la Mini à huit heures quinze. La caméra du garage ayant enregistré la sortie de la voiture à huit heures moins dix, ça représentait vingt-cinq minutes de trajet.

En franchissant le seuil, le gendarme consulta sa montre : treize heures dix-sept. Il refit le trajet à la vitesse réglementaire jusqu'au croisement où la Mini avait été vue se dirigeant vers le bois. Puis il regarda de nouveau sa montre. Treize heures trente-neuf. Bingo ! Ça collait à trois minutes près. Si, comme il était probable, c'était elle qui conduisait, Christine Delamare s'était rendue directement du garage à Virelonde ce dimanche-là et l'hypothèse selon laquelle elle avait été attaquée pendant son jogging se confirmait.

Le matin du jeudi 8 août, peu après neuf heures, un cortège de véhicules s'arrêta à l'orée du bois. Deux voitures de la gendarmerie de Grécourt étaient en tête, suivies de deux Minicars. En plus des permanents du poste, dix gendarmes mobiles de l'escadron de Versailles avaient été appelés en renfort, ce qui représentait quinze hommes en tout. Quatre voitures de particuliers fermaient le cortège : les bénévoles, en majorité des conseillers de la mairie qui avaient été informés les premiers de la battue.

Jacques Malevoix, Premier adjoint, descendit de sa Volvo et rejoignit le rang des gendarmes. Monsieur Malevoix était un commerçant prospère, aujourd'hui retraité. Après deux mandats, dont le second s'achevait dans quelques mois (les élections municipales étaient pour le printemps prochain), il estimait avoir rempli son devoir de citoyen et s'apprêtait à passer la main. C'était lui qui, s'inquiétant du retard de la Deuxième adjointe à la réunion du Conseil, avait téléphoné à son mari, Philippe Delamare, le vendredi suivant sa disparition.

Arrivèrent ensuite Roland Croizet, conseiller délégué au développement économique, Corinne Lepetit, conseillère aux affaires culturelles, et enfin Raymond Lecoin, le témoin qui avait remarqué la Mini et qui, d'une manière bien compréhensible, était curieux de la suite.

Au milieu du groupe le brigadier-chef Vollard, un plan du cadastre déployé entre les mains, commençait à organiser la battue.

Le bois de Virelonde était traversé par la rivière qui lui avait donné son nom, un cours étroit, sinueux et peu profond qui serpentait d'ouest en est et débouchait sur un champ de blé. Il comportait deux chemins principaux, carrossables, disposés en Y, plus trois sentiers adjacents plus petits. 1232 hectares à ratisser, comme le précisait le cadastre, ce n'était pas la mer à boire.

Au moment où les recherches allaient commencer et où les hommes, dûment répartis sur le terrain, s'apprêtaient à pénétrer à l'intérieur du bois, une dernière voiture (une Porsche 991 GT3, constata avec envie Roland Croizet, amateur passionné de voitures de sport), surgit à grande vitesse et s'arrêta pile à la hauteur du groupe. Son conducteur s'en extirpa. Philippe Delamare, l'époux de la disparue, le reconnut Vollard avec humeur.

D'une façon générale, il n'aimait pas trop que les proches des victimes participent aux recherches. On pourrait croire que les amis, les membres de la famille, plus motivés, seraient plus impliqués dans les investigations et s'avéreraient plus efficaces, mais l'expérience montrait qu'ils étaient trop bouleversés pour se rendre véritablement utiles. Le plus souvent, ils entravaient le travail des policiers ou des gendarmes – professionnels expérimentés, méthodiques et dépourvus d'affect.

En outre, les personnes liées à la victime s'exposaient à découvrir très brutalement des choses qu'il aurait mieux valu pour elles ne pas voir : le cadavre d'un être aimé, blessé, atrocement torturé, voire systématiquement amputé, les mains ou la tête sciées et emportées ailleurs pour en retarder l'identification ; ou en partie brûlé, carbonisé, la moitié du corps réduit à l'état d'un rameau tordu par le feu. Sous le coup, certains devenaient incontrôlables, gênant l'examen du corps et polluant la scène de crime.

Sans compter que le coupable pouvait se trouver parmi eux : les amis ou les membres de la famille. Il n'était pas rare que l'assassin, quand il s'agissait d'un proche – et statistiquement, c'était souvent le cas –, se mêle à la battue, allant parfois jusqu'à en prendre la tête et feindre de diriger les recherches, même s'il lui arrivait souvent de se trahir par un excès de zèle, une excitation anormale.

Ce jour-là, Philippe Delamare ne portait pas l'un de ses coûteux costumes. Il était venu en jean et tee-shirt, avec un blouson de toile. Il avait aussi apporté des bottes de caoutchouc qu'il enfila tout en s'excusant pour son retard. A contrecœur, non sans avoir tenté de le dissuader, le brigadier lui attribua une place dans la battue.

Les gendarmes se répartirent en trois groupes qui allèrent prendre le départ à chaque extrémité du chemin forestier principal en Y. Un groupe à la lisière ouest du petit bois, les deux autres à la lisière est. Une fois là, chaque groupe se scinda de nouveau en deux de façon à procéder à l'exploration de chaque côté du chemin.

Leur crime accompli, les agresseurs de joggeuses ne prennent pas le temps d'enterrer leur victime. Pressés de déguerpir, ils la traînent en vitesse hors de vue, généralement pas très loin du sentier où ils l'ont surprise pendant sa course et où ils ont commis leur crime, et la dissimulent sous un taillis ou sous un amoncellement de branchages.

En ligne, séparés par trois mètres environ, les gendarmes commencèrent à avancer, fouillant les broussailles autour d'eux à l'aide d'un bâton. Obéissant aux directives du brigadier, trois bénévoles en faisaient autant aux abords des sentiers adjacents, tandis que les deux autres, armés d'une longue branche fourchue arrachée à un chêne, remontait sur chaque rive le cours de la rivière en raclant le fond.

Très vite, il se mit à faire chaud. Les rayons brûlants du soleil d'août s'insinuaient entre les troncs d'arbre, tapant sur la nuque des chercheurs qui s'échinaient dans les fourrés. Essoufflés, ils travaillaient en silence. On n'entendait que le froissement des feuilles remuées au bout de leurs bâtons, le craquement du bois sec sous leurs pas ; par moments, des criailleries de perdrix ou de pies apeurées, ou le couinement d'un campagnol chassé de son trou.

A onze heures, deux bénévoles s'accordèrent une pause au bord de la Virelonde. Epuisés, en nage, ils se laissèrent tomber sur l'herbe de la rive et, leurs mains en coupe, ramassèrent de l'eau fraîche pour s'en asperger la figure. Les ayant vus de loin, le brigadier-chef déboutonna sa vareuse, dans laquelle il étouffait, et vint se reposer un instant à leur côté. « A nous deux, on a parcouru au moins huit kilomètres et on n'a rien trouvé », le renseigna Jacques Malevoix d'une voix découragée.

– Il faut continuer, dit Vollard. Et surtout bien regarder. A défaut de cadavre, le plus petit indice peut être intéressant. Un lambeau de vêtement accroché à une branche, une tache de sang...

– Le sang, ça pourrait aussi bien être celui d'une bête. Et il a pas mal plu au mois de juillet. Le sang aurait été lavé.

– Un mégot, une basket perdue...

– On va quand même pas ramasser toutes les saletés qui traînent, remarqua son équipier, Raymond Lecoin. Il est pas bien entretenu, ce petit bois. Il y a des endroits, c'est une vraie poubelle, des papiers gras, des canettes, des bouteilles en plastique, c'est pas possible de voir ça...

– La mairie fait le nécessaire, répliqua vertement le Premier adjoint. Le bois est nettoyé deux fois par an. On met des pancartes, on invite les promeneurs à jeter leurs détritus dans les corbeilles, mais tout le monde s'en fout ! Qu'est-ce que vous voulez qu'on fasse, on peut pas être derrière chaque promeneur avec une pelle et une balayette !

– Faudrait nettoyer plus souvent !

– Oui, seulement quand on organise des matinées « Nettoyage du bois de Virelonde » en faisant appel à la bonne volonté des habitants, c'est pas la foule, hein, il n'y en a pas beaucoup qui se présentent ! Même en leur offrant un pot à la mairie à midi !

Le ton montait. Toujours pareil avec les bénévoles, dès qu'ils se sentaient un peu fatigués, découragés, ils abandonnaient et les discussions commençaient, les disputes. Le brigadier les ramena à son affaire :

– N'oubliez pas que ce qu'on cherche avant tout, c'est une personne, ou ce qu'il en reste. Il n'est pas non plus question de ramasser tout ce qui traîne. Ce qu'il faut faire, à mesure que vous avancez, c'est bien étudier le terrain. Vous regardez s'il y a un endroit où l'herbe est couchée, un endroit un peu dégagé où quelqu'un aurait pu être allongé. Et puis pas besoin de trop s'écarter du sentier. Mettez vous à la place de l'agresseur. La plupart, ils vont pas entraîner leur victime bien loin, surtout si elle se défend. Donc là où vous voyez l'herbe aplatie, des branchettes cassées, des tiges tombées sur le sol, écrasées, vous examinez l'endroit à la loupe... C'est bien le diable si vous ne trouvez pas un bout de tissu, un bouton arraché, un lacet de basket ou du sang, comme je vous ai dit tout à l'heure. Surtout s'il y a eu lutte. Si une personne a été emmenée de force, qu'elle s'est débattue, c'est presque impossible qu'il n'y ait pas une trace quelque part. Ce qu'il faut, c'est bien se concentrer, observer très attentivement le terrain, conclut-il en se levant et en reboutonnant sa vareuse. Prenez votre temps, ça ne sert à rien de se presser.

Sur ces paroles encourageantes, il retourna à ses investigations, suivi d'un pas traînant par les deux bénévoles.

A douze heures tapantes, les gendarmes cessèrent le travail, aussitôt imités par le reste de la troupe. Tout le monde se rassembla à l'orée du bois pour faire le point sur la matinée. Bilan négatif, les chercheurs revenaient bredouilles. Roland Croizet produisit tout de même un mégot. C'était un long mégot, une cigarette à peine entamée et vite éteinte. Malgré l'interdiction de fumer dans la forêt, certains fumeurs invétérés, n'en pouvant plus, en allumaient une, tiraient deux trois bouffées et, vaguement honteux, se dépêchaient de l'écraser sous leur talon.

– Où l'avez-vous trouvé ? s'enquit le brigadier.

– Au milieu du sentier.

On entendit quelques rires moqueurs.

– Des mégots comme ça, j'en ai bien vu trois ou quatre, s'esclaffa Malevoix. Et à plusieurs centaines de mètres de distance. Ça ne veut rien dire.

Pour sa part, Corinne Lepetit avait récolté un mouchoir, un petit mouchoir féminin bordé de dentelle. D'autorité, elle le mit sous le nez de Philippe Delamare, espérant qu'il le reconnaîtrait ou que le carré de batiste aurait gardé un effluve, un reste de parfum qui lui rappellerait celui de sa femme. La conseillère l'avait ramassé au bord de la rivière, qu'elle explorait avec son collègue Croizet. Philippe respira une odeur de terre et de végétation décomposée. Dégoûté, il détourna la tête. Il n'avait pas reconnu l'objet. Un mouchoir, comment aurait-il pu ? A peine s'il remarquait ce que sa femme portait. D'ailleurs, fit observer un garde mobile qui l'avait pris en main, le mouchoir portait les initiales B.L. qui n'étaient pas celles de la personne recherchée.

Selon l'estimation des gendarmes, à eux tous, en progressant sur une largeur d'une quinzaine de mètres à gauche et à droite des chemins carrossables et des sentiers, ils avaient exploré environ un tiers de la surface du bois. Sans résultat. Nul corps enfoui sous les broussailles. Aucun trou fraîchement creusé et rapidement comblé, aucune rupture suspecte dans le foisonnement dense de la végétation indiquant que des humains avaient pu se trouver là, qu'il avait pu s'y passer quelque chose d'anormal, et par conséquent pas d'élément susceptible d'ouvrir une piste.

La rivière non plus n'avait rien donné : les longues branches utilisées pour gratter le fond ne rencontraient que la vase ou des pierres, ou s'emmêlaient dans la végétation qui la bordait.

Mais c'était l'heure du repas. L'heure militaire. Chacun rejoignit son véhicule et regagna ses pénates.

A quatorze heures, ils étaient de retour. La gendarmerie – gendarmes de Grécourt et gardes mobiles de Versailles – était au complet, mais trois bénévoles manquaient au bataillon. Le brigadier-chef avait été prévenu. Philippe Delamare ne pourrait pas revenir : il avait un rendez-vous au début de l'après-midi et n'avait que le temps de se changer (il va encore enfiler un de ses beaux costumes, avait supputé Vollard). Le conseiller Roland Croizet, directeur chez Bouygues-Telecom, ne pouvait s'absenter du bureau plus d'une demi-journée. Quant à Raymond Lecoin, pessimiste sur les résultats après une matinée de recherches infructueuses et très embarrassé du branle-bas qu'il avait peut-être déclenché pour rien en signalant la Mini, il avait argué de ses soixante-treize ans et de ses articulations douloureuses pour se dispenser de continuer. Ne restaient donc comme bénévoles que Jacques Malevoix et Corinne Lepetit.

Toutes les personnes présentes retournèrent à leur poste et se remirent à fouiller les broussailles ou à racler la Virelonde.

Deux heures plus tard, ils en étaient au même point : pas de cadavre gisant dans un fourré, aucun indice sérieux.

Arrivé au bout d'un chemin forestier, à la fin du parcours qui lui était imparti, le brigadier-chef s'était immobilisé devant le champ de blé qui jouxtait le petit bois et le contemplait d'un air pensif. Le soleil tapait dur. Au bout des tiges raides et hautes, si serrées qu'elles s'entremêlaient, les épis ployaient sous leur propre poids.

« Les moissonneurs ne vont plus tarder, observa Malevoix en le rejoignant. D'après les céréaliers, au vu de ce qu'ils ont déjà engrangé, ce sera une très bonne année. »

– Ah bien tant mieux, dit le brigadier.

Le Premier adjoint embrassait l'espace du regard.

– Vous ne pensez pas que Christine pourrait se trouver là, dans ce champ que nous avons sous les yeux ? Pendant que nous cherchons dans les broussailles, son corps est peut-être juste à côté, caché dans les blés. Il pourrait être mis au jour pendant la moisson.

– C'est peu probable. Le criminel n'aurait pas pris le risque de sortir du bois et de se montrer à découvert.

Les deux hommes se turent, impressionnés par la beauté du paysage, l'immensité du champ pailleté d'or, l'air chargé de l'odeur chaude du blé mûr, la luminosité du ciel presque blanc, toute cette splendeur qui contrastait violemment avec l'horreur de la tâche qu'ils étaient obligés d'accomplir dans l'ombre du sous-bois : rechercher le corps calciné ou à demi dévoré par les bêtes d'une jeune femme lâchement assassinée.

Sur leur gauche, la rivière qui sourdait d'entre les arbres descendait doucement vers les premières habitations. A droite, à cinq cents mètres à peine, sur une butte dominant les champs, se découpait la silhouette gracieuse du château de Virelonde.

– Vous savez, brigadier, que le château appartient désormais à la commune ? Son dernier propriétaire nous l'a laissé en héritage…

– J'ai entendu parler de ça.

– Un cadeau généreux, et en même temps très embarrassant. Nous ne savons trop quoi en faire. Au Conseil, nous n'arrivons pas à nous mettre d'accord. C'est un sujet de dissension entre nous depuis plusieurs mois. Christine, qui était notre Deuxième adjointe comme vous le savez, voulait le transformer en musée…

– Un musée de quoi ?

– Un musée dédié à la Chasse. Avec un restaurant, une boutique, l'aménagement du parc, des jeux pour les enfants, etc. Elle était certaine qu'il aurait des visiteurs, qu'on pouvait rendre le château rentable tout en le maintenant dans le patrimoine de la commune. Tandis que Croizet estimait qu'il fallait s'en débarrasser au plus vite, qu'un musée de la Chasse n'intéresserait personne et représenterait une charge insupportable pour notre ville. Que toute l'affaire se solderait par de lourdes pertes. Pour être franc, j'étais plutôt de son avis.

– Croizet ?

– Roland Croizet. Notre conseiller délégué aux affaires économiques. Vous l'avez rencontré, il était avec nous ce matin. De son côté, sans en référer à personne, Croizet avait pris contact avec le groupe hôtelier Accor. Il était question de transformer la vieille bâtisse en hôtel de luxe, quelque chose dans le genre Relais et Châteaux. Et ça, ça n'avait pas plu, mais alors pas plu du tout à Christine. Ils se disputaient comme des chiffonniers…

Le brigadier-chef dressa l'oreille :

– Ils se disputaient ?

– Oh oui, dans les réunions, le ton montait vite. Le projet était encore vague, mais que son collègue ait pris des contacts avec un groupe hôtelier sans l'autorisation du Conseil, ça avait mis Christine hors d'elle. Ils n'arrêtaient pas de s'engueuler. Il faut reconnaître que c'était un peu désinvolte de la part de Croizet, pas très démocratique…

Le brigadier ne l'écoutait plus. Il réfléchissait. Un grave différend entre deux conseillers municipaux, il y avait peut-être là une piste à creuser. Encore fallait-il qu'il y ait eu crime et qu'on découvrît le corps de la conseillère.

Sur le coup de cinq heures, toujours ponctuels, les gendarmes de Grécourt et les gardes mobiles arrêtèrent leurs recherches et donnèrent le signal du départ. Corinne Lepetit laissa tomber la branche avec laquelle elle s'échinait à balayer le lit de la Virelonde et rattrapa le brigadier-chef qui se dirigeait vers sa voiture. Elle l'avait vu de loin, alors qu'il discutait avec Malevoix au bord du champ de blé, et s'était promis de lui parler à son tour. Elle avait, elle aussi, des choses à dire.

– Eh bien, c'est raté pour aujourd'hui, commença-t-elle en réglant son pas sur le pas martial du brigadier. On remet ça demain ?

– Ça m'étonnerait, répondit-il sombrement.

A défaut d'élément matériel, il y avait peu de chance qu'on l'autorise à continuer. Ils étaient loin d'avoir exploré tout le bois mais ils ne pouvaient pas non plus en examiner chaque centimètre. Quelqu'un avait vu la Mini, d'accord. Mais après tout Mme Delamare avait pu faire son jogging et décamper ensuite.

– Ça ne sert peut-être à rien de s'obstiner, opina la conseillère. Moi, vous voyez Brigadier, si vous me permettez de vous donner mon avis, je ne crois pas que Christine soit ici. Pour une raison bien simple : s'il lui était arrivé quelque chose pendant son jogging, nous aurions vu sa voiture. Elle serait restée à l'orée du bois. A l'endroit où nous avons garé les nôtres.

– L'assassin a pu s'emparer de ses clés et emprunter sa voiture, objecta le brigadier.

– Et comment il l'aurait reconnue ? Comment aurait-il su que c'était la sienne ?

– Il l'avait peut-être vue arriver. Et puis, le matin de si bonne heure, elles ne devaient pas être nombreuses, les voitures arrêtées près du bois, c'était peut-être même la seule. L'assassin prend les clés sur sa victime et s'enfuit avec son véhicule.

– Se balader dans la voiture de sa victime, ce ne serait pas très prudent. Et une voiture qui ne passe pas inaperçue ! Une Mini beige et marron !

– Mais c'était aussi le moyen le plus rapide de mettre des kilomètres entre lui et son crime. Et tant que personne ne s'inquiète, qu'aucune disparition n'a encore été signalée... Il lui suffisait d'éviter Grécourt, de contourner la ville en empruntant les petites routes.

– Ce serait donc l'œuvre d'un marginal qui se serait trouvé là par hasard, un sans-abri qui avait peut-être passé la nuit dans le bois ?

– Ce ne sont pas toujours des marginaux qui s'en prennent aux joggeuses, répondit patiemment Vollard. Ça peut être des citoyens normaux, bien considérés... – S'il n'était pas dans les habitudes du brigadier de discuter d'une enquête en cours avec un civil, fût-il conseiller (ou conseillère) municipal, il avait le sentiment que cette dame qui venait de le rattraper en lui courant quasiment après avait quelque chose à lui apprendre.

– Vous voulez dire que, en admettant bien sûr que Christine ait été assassinée, son agresseur pourrait être un citoyen ordinaire ?

– Absolument.

– Ou même quelqu'un de ses relations ? Un familier ?

– Ce n'est pas à exclure.

– Dans son entourage, du moins parmi les gens que je connais, je ne vois pas qui aurait pu faire ça, déclara fermement la conseillère. – Mais après un temps de réflexion, perfide, elle ajouta : Je ne dirais pas que tout le monde l'adorait, loin de là. Christine Delamare était une personne très autoritaire, facilement blessante. Et plusieurs des membres du Conseil la jugeaient ambitieuse, pour ne pas dire arriviste. Mais nous sommes entre gens civilisés, nos rapports sont courtois. A part, à l'occasion, quelques éclats, quelques bonnes engueulades. Et il faut avouer que les choses n'allaient pas tellement bien entre Christine et Roland Croizet... – Corinne Lepetit s'interrompit, elle hésitait.

– Oui ? l'encouragea le brigadier.

– Et bien, il y avait d'abord cette histoire du château. Ils n'étaient pas d'accord sur sa destination, je ne sais pas si vous êtes au courant …

– J'en ai eu des échos, convint le brigadier.

– Mais il n'y avait pas que ça. A mon avis, le vrai problème entre eux, la raison profonde de leur dissension, c'était la succession de Malevoix. Notre Premier Adjoint se sent fatigué et n'a pas l'intention de renouveler sa candidature aux élections de mars prochain. La place sera donc libre et il se trouve que Croizet et Christine la briguaient tous les deux. Avec les relations et les moyens de sa famille – enfin de la famille de son mari – Christine avait de grandes chances de l'emporter.

Une rivalité entre conseillers, réfléchissait Vollard. Les deux convoitant le poste de Premier Adjoint, et logiquement, à moyen terme, celui de Maire de la commune. Des conseillers municipaux qui s'entretuent, il n'avait jamais entendu parler de ça dans les Yvelines, ni d'ailleurs nulle part en France. Il n'en restait pas moins qu'en cas d'assassinat l'ambition politique pouvait être considérée comme un mobile valable.

– Vous insinuez que Roland Croizet serait pour quelque chose dans la disparition de Mme Delamare ?

– Oh, bien sûr que non, je n'insinue rien du tout ! se récria très hypocritement la conseillère à présent qu'elle avait distillé son venin. Soupçonner un membre du Conseil municipal d'un crime ! Ça ne viendrait à l'esprit de personne !

Parvenus à la lisière du bois, ils se séparèrent. Corinne Lepetit s'installa au volant de sa R5 et rentra chez elle, satisfaite de sa conversation avec le brigadier. Tandis que, calé dans un coin de la banquette arrière du véhicule qui le ramenait avec deux de ses hommes à la gendarmerie, Vollard faisait mentalement le bilan de sa journée.

S'il n'avait pas recueilli le moindre indice laissant supposer que Christine Delamare était passée par là et avait pu être attaquée – par exemple, comme il l'avait suggéré aux bénévoles, une basket perdue, un lambeau de tissu arraché à ses vêtements, un peu de sang sur l'herbe à envoyer pour examen au laboratoire –, il était à présent en possession de deux suspects.

Tout d'abord le mari, pour de simples raisons statistiques, quoique sans mobile connu – et en second lieu le conseiller dont le nom lui avait été obligeamment soufflé par l'une de ses collègues.

Si surprenant que cela puisse paraître pour un homme appartenant à un Conseil municipal, qui n'est tout de même pas une assemblée de mafieux, mais qui bien au contraire est supposé réunir des citoyens respectables, élus en raison de leur bonne moralité et de leur dévouement au bien public, le dénommé Roland Croizet entrait lui aussi dans les statistiques. En effet, dans 90% des cas le coupable d'un meurtre ou d'un assassinat se trouve parmi les proches – la famille, les amis ou l'entourage professionnel de la victime. A quoi s'ajoutait que le conseiller Croizet avait – à la différence du mari – un mobile connu : son ambition de devenir Premier Adjoint, puis, dans un second temps, maire de sa commune, ambition contrariée par la concurrence de Christine Delamare.

Deux suspects, donc, conclut le brigadier.

Mais toujours pas de victime.

Les jours suivants une chaleur torride s'abattit sur tout le territoire. Rien de comparable à la canicule de 2003 : en Ile-de-France, le thermomètre ne grimpa pas plus de deux fois au-dessus de trente-trois degrés. Mais après une éprouvante vague de sécheresse, dans un air poussiéreux à peine respirable, des journées lourdes d'humidité se succédèrent sans que l'orage se décide à éclater.

Le mardi 13 août, cinq jours après la battue de Virelonde, dans une zone inhabitée du 93, entre deux terrains vagues jonchés de détritus, sorte de *no man's land* où les policiers s'aventuraient rarement, une voiture de police banalisée patrouillait à petite vitesse. La clim hors service, toutes ses vitres étaient baissées. A l'intérieur, trois flics en tenue, mais le col de chemise ouvert, transpirant à grosses gouttes et rouges comme des betteraves, s'épongeaient le front en laissant errer un regard blasé sur le désolant paysage. « Tiens, remarqua le voisin du conducteur avec un mouvement du menton sur sa droite, une bagnole… ».

A cinquante mètres environ, la carcasse d'une voiture se découpait sur le ciel jaunâtre. Une Mini, comme les trois policiers purent le constater une fois parvenus à proximité. En fait, les quatre roues enlevées, pneus, jantes et enjoliveurs, ce n'était plus qu'une carrosserie déglinguée en équilibre instable sur le terrain pierreux. La voiture avait été méthodiquement pillée. Phares, pot d'échappement, antibrouillards, volant, rétroviseurs s'étaient volatilisés. De même que la radio et le GPS. Ne subsistaient à l'intérieur que les sièges avant et la banquette arrière. Sous le capot légèrement soulevé et tordu, on distinguait le moteur : trop lourd, il avait été abandonné. Les pilleurs n'avaient pas non plus pris la peine de dévisser la plaque minéralogique. La voiture portait le numéro NP 854 DL. Elle était immatriculée dans le 78.

Les trois hommes retournèrent à leur véhicule pour y consulter le fichier des voitures recherchées. La Mini figurait bien sur la liste, elle avait été signalée par la gendarmerie d'une commune des Yvelines. Après avoir appelé la fourrière pour faire enlever l'épave, les policiers du 93 poursuivirent tranquillement leur patrouille.

« Chef, il y a du nouveau, annonça deux heures plus tard un gendarme de Grécourt en poussant la porte du bureau où se morfondait le brigadier Vollard, on a retrouvé la voiture de la disparue ! » – « Où donc ? » – « Dans un terrain vague de la Seine-Saint-Denis.»

Chapitre 3

A Saint-Servin, les jours s'écoulaient dans la torpeur. Entre les murs de la maison, dans une température tropicale rarement ressentie en Ile-de-France, la vie semblait s'être arrêtée comme pour un entracte humide et tiède.

Le dimanche clôturant le long week-end du 15 août, en l'absence de sa cuisinière qui avait pris quelques jours de congé, Elisabeth prépara elle-même un repas froid qu'elle servit sans façons à l'office, une pièce carrelée en demi-sous-sol qui conservait une relative fraîcheur. Son fils aîné Jérôme se trouvant en vacances avec sa famille dans la villa qu'il venait d'acheter à Biarritz, ils n'étaient que quatre à table : Elisabeth, son fils cadet Philippe, et sa fille Cynthia accompagnée comme toujours de son amie Nadine Perrin. Ces dernières, détendues et bronzées, étaient rentrées la veille d'un voyage d'une semaine au Maroc.

Philippe venait d'annoncer que la voiture de sa femme avait été retrouvée, il en avait été averti la veille par les gendarmes. Elle était à la fourrière, attendant que son propriétaire vienne la chercher.

– Comment ça, réagit sa sœur, les gendarmes ne l'ont pas gardée ?

– Que voulais-tu qu'ils en fassent ?

– Ils auraient pu la mettre sous scellés comme pièce à conviction. C'est tout de même la voiture d'une personne disparue, peut-être assassinée…

– Mais pour eux il s'agit seulement d'une fugue, du départ volontaire d'une personne majeure.

– Ils avaient pourtant ouvert une enquête. Ils ne l'ont pas déjà refermée ?

– C'était une enquête préliminaire. Et elle n'a rien donné de significatif. Avec leur battue à Virelonde, ils ont fait chou blanc. Ils n'ont pas refermé le dossier mais ils ne bougeront plus sans un fait nouveau.

– La découverte de cette voiture, c'en est un, de fait nouveau !

– Pas pour eux. Si elle voulait qu'on perde sa trace, Christine aurait aussi bien pu s'en débarrasser en l'abandonnant quelque part. Puis changer de véhicule, louer une autre voiture ou prendre le train…

– Abandonner sa voiture sur un terrain vague du 93 !... Et qu'est-ce qu'elle serait allée faire là–bas ?

– Mais, se permit d'observer son amie Nadine, il lui suffisait de la laisser n'importe où, portes ouvertes, la clé de contact sur le tableau de bord. Sa Mini Cooper n'aurait pas fait long feu… Ce sont sûrement ses voleurs qui l'ont conduite sur le terrain vague pour la désosser à l'abri des regards.

– Qu'est-ce que tu as l'intention de faire ? demanda Cynthia à son frère.

– J'avais pensé la faire l'enlever de la fourrière par un ferrailleur…

– Alors là, on perdrait tout espoir de trouver des empreintes !

– De toute façon, fit remarquer Nadine, qu'est-ce qu'ils auraient pu relever comme empreintes ? Celles de Christine ? Celles de Philippe ? Quoi de plus normal, ils n'en auraient pas été plus avancés. Ou encore celles des voleurs ? Des petits voyous qu'ils auraient trouvés dans le fichier des délinquants, qu'ils auraient été obligés d'interroger, faute de mieux, à propos de la disparition d'une femme dont ces pauvres gars n'auraient jamais entendu parler…

– Mais où veux-tu que je la mette, cette carcasse ? J'habite un appartement.

– Tu n'as qu'à louer un box.

– A la rigueur, on pourrait la laisser ici, proposa Elisabeth sans enthousiasme. Il y a de la place dans mon garage, ou bien j'essaierais de la caser dans une remise. Mais enfin garder cette horreur à la maison, ce rappel d'un mauvais souvenir…

En si peu de temps, c'est ce qu'était devenue sa belle-fille : rien de plus qu'un mauvais souvenir.

Sous les regards surpris qui s'étaient tournés vers elle, elle se rattrapa :

– Cette pauvre Christine, pourvu qu'il ne lui soit rien arrivé de grave. Espérons que ce sont les gendarmes qui ont raison et qu'elle est partie de son plein gré.

De nouveau, Nadine intervint :

– Je n'arrive pas à comprendre qu'on n'ait pas pris la peine de faire une enquête sérieuse !

– Ils n'ont rien, lui répéta Philippe. Ils ne savent pas par quel bout commencer.

– Ils pourraient commencer par s'informer sur elle, sur ses origines, ses fréquentations…

– Ma femme avait perdu tout contact avec son passé. Elle avait été élevée en Bretagne, mais elle n'avait pas vu sa mère depuis dix ans et elle n'avait jamais connu son père. Toute sa vie était ici, à Grécourt, entre notre famille et la mairie, le Conseil municipal où elle s'investissait beaucoup.

– Oh, insista un peu lourdement Nadine, on ne peut jamais tout savoir sur une femme. Christine avait peut-être une vie cachée.

Elisabeth eut une bouffée de colère. Non, quelle indiscrétion ! Décidément, cette fille ne manquait pas d'air. Elle se mêlait de la conversation comme si elle faisait partie de la famille...

Elisabeth tolérait la meilleure amie de sa fille, bien obligée, mais elle n'avait jamais compris ce qu'elle lui trouvait. Nadine était une collègue de bureau, elles s'étaient rencontrées au Ministère des Affaires étrangères où Cynthia, qui avait fait Sciences Po, travaillait au Service administratif. Alors d'accord, les collègues de bureau, il fallait bien les supporter, on n'avait pas le choix. Mais en dehors du cadre professionnel, on ne les fréquentait pas, on ne les introduisait pas dans son groupe d'amis, et encore moins dans sa famille. Il y avait une ligne à ne pas dépasser. Et pour commencer on ne les invitait pas à sa table.

Et d'ailleurs quelle idée avait eu Cynthia de prendre une profession ! Faire des études supérieures, soit, on y acquérait une certaine culture, une belle conversation, ça permettait de faire bonne figure en toutes circonstances et de tenir son rang. Choisir Sciences Po, pourquoi pas ? On s'y faisait des relations qui pouvaient s'avérer utiles dans l'avenir. Mais quelle idée de se mettre ensuite à travailler quand on n'avait pas besoin de gagner sa vie. Cynthia était riche, elle avait comme son frère Philippe hérité de son père. Après ses études, elle aurait pu faire un beau mariage. Au lieu de quoi, à vingt-cinq ans, elle était toujours célibataire, comme l'était son amie qui avait pourtant trois ans de plus qu'elle. Et toutes les deux ne se quittaient pas d'une semelle. Elles sortaient ensemble, elles partaient en vacances ensemble, on aurait dit un couple… A se demander ce qu'il y avait entre elles exactement. Une question qu'Elisabeth osait à peine se poser… Serait-ce possible ? Mon Dieu ! Si c'était *ça*, il faudrait le dissimuler soigneusement, surtout que ça ne vienne jamais à se savoir…

– Le commissaire Benoist a conseillé à Philippe de prendre un détective privé ! rappela Cynthia sans se douter des pensées qui agitaient sa mère.

– Ce n'est peut-être pas une mauvaise idée, approuva tranquillement Nadine.

– Un détective privé ? répéta Philippe, dubitatif.

– Eh bien, pourquoi pas ? dit sa sœur. Si le commissaire te l'a conseillé, c'est qu'il pense que ça peut servir à quelque chose.

– Je n'en connais pas, moi, des détectives privés. Je n'ai jamais eu recours à ce genre de services. Et je ne veux pas choisir une agence au hasard.

Il y eut un silence autour de la table.

– Moi, j'en connais une, déclara Nadine.

– Une agence ?

– Une détective.

– Une femme ?

– Oui, une femme. Très compétente.

– Qu'est-ce que tu en penses, maman ? demanda Philippe.

– Je n'en sais rien, répondit Elisabeth. – Mais après un instant : Vous tenez vraiment à engager quelqu'un qui viendra fouiner partout, mettre le nez dans nos affaires ?

– Si ça peut permettre de faire la lumière, dit Cynthia.

– Vous n'avez presque rien mangé… Vous voulez des pêches ?

– Je n'ai plus faim, merci maman, il fait si chaud, s'excusa Philippe. Alors qu'est-ce que tu en dis de cette idée de détective ?

Sans répondre, Elisabeth se leva de table et alla jusqu'à la desserte.

– Hein, qu'est-ce que tu en dis ? insista son fils.

– Ça m'est égal, répondit-elle le dos tourné. Faites ce que vous voulez.

La personne qui se présenta à Philippe le surlendemain était une jeune femme (en réalité, elle était au début de la quarantaine mais ne paraissait pas plus de trente-cinq ans) au visage intelligent et ouvert, aux yeux marrons attentifs, au timbre de voix grave et doux. Elle était vêtue malgré la chaleur d'un tailleur en denim assez strict et portait ses cheveux teints en blond tirés en arrière. Tout dans son apparence, son élocution et sa façon d'être semblait fait pour rassurer.

D'après Nadine, qui l'avait connue pendant une enquête initiée par son Ministère à la suite d'une affaire interne embarrassante qu'on n'avait pas voulu ébruiter, Madeleine Raynal était une ancienne policière, capitaine bien notée de la Police Judiciaire, mais qui avait démissionné après quinze ans de service pour fonder une agence de détectives privés : Raynal Investigations. Rompant avec ses habitudes – en général, au moins pour le premier rendez-vous, elle recevait ses clients dans son propre bureau – elle avait accepté de rencontrer Philippe sur son terrain à lui, dans son bureau de la place Vendôme.

Après avoir remercié sa visiteuse de s'être déplacée pour le voir, Philippe lui exposa la situation : la disparition soudaine de son épouse six semaines plus tôt, sa voiture aperçue par un habitant du département près du bois de Virelonde, la battue infructueuse effectuée par la gendarmerie, la découverte de la Mini désossée sur un terrain vague, le refus des gendarmes de poursuivre l'enquête…

Tout en l'écoutant, Madeleine Raynal, déjà informée des faits par Nadine Perrin, observait son interlocuteur, plus attentive aux inflexions de sa voix, aux expressions de son visage, qu'aux paroles qu'il prononçait. Suspicieuse par profession et sachant, aussi bien par les statistiques que par sa propre expérience, que c'est le conjoint le coupable dans l'immense majorité des cas, avant d'aller plus loin, elle cherchait à recueillir une impression. Ce jeune monsieur élégant et courtois derrière son beau bureau design ne serait pas le premier assassin à lui commander une enquête. Pas le premier de ses clients qui tenterait de la balader.

Un type très bien, le fils d'une riche famille des Yvelines et le frère de sa meilleure amie, lui avait dit Nadine Perrin. Il en avait tout à fait l'allure, du fils de famille, le visage lisse et neutre, des traits sans mobilité, peu expressifs, mais non dépourvus de distinction. A première vue, pas l'air d'avoir inventé la poudre. D'un autre côté, c'était un chef d'entreprise, il dirigeait une agence de publicité, ce qui implique des responsabilités. L'homme était certainement moins anodin qu'il n'y paraissait.

Il parlait bas, d'un ton posé. Madeleine ne savait pas si c'était sa façon habituelle de s'exprimer ou s'il déguisait sa voix pour se donner l'air inoffensif. Mais ce ton modéré pouvait être dû à son habitude de présider des réunions. Dans les réunions, aussitôt que quelqu'un se met à parler fort, le ton monte et au bout du compte, on ne s'entend plus, on ne sait même plus ce qu'on dit. Elle avait bien connu ça dans les bureaux de la PJ où les décibels avaient vite fait de grimper. Tandis que si le chef parle bas, alors tous les autres s'alignent et le son reste à une hauteur normale. Un principe qu'elle appliquait dans son entreprise. Quand un problème se posait, qu'une erreur avait été commise, on en discutait calmement. Chez Raynal Investigations, c'était la règle : pas un mot plus haut que l'autre.

Philippe Delamare avait des mains blanches, des ongles soignés, des gestes délicats et précis sans être maniérés. Madeleine n'était là que depuis dix minutes, et déjà elle était sûre d'une chose : s'il avait eu envie de se débarrasser de son épouse, l'homme qui était devant elle ne se serait pas chargé de la besogne. Elle ne le voyait pas étrangler, poignarder ou empoisonner une femme, la traîner jusqu'à sa voiture pour aller l'enterrer quelque part au milieu de la nuit, creuser lui-même un trou ou la balancer dans une mare vaseuse et opaque. Ce n'était pas le genre de type à se salir les mains.

– Et bien, dit Madeleine quand il eut fini de lui exposer la situation, qu'est-ce que vous attendez de moi ?

– Que vous m'aidiez à retrouver mon épouse.

– Vous ne croyez pas qu'elle aurait pu faire une mauvaise rencontre pendant qu'elle courait toute seule dans la forêt ?

– Je n'en sais rien. Tout ce que je sais, c'est qu'on n'a pas retrouvé son corps. Et le fait qu'on ait retrouvé sa voiture ne prouve rien.

– C'est juste, elle aurait pu décider de l'abandonner n'importe où. Je suppose qu'on a vérifié dans les aéroports si le nom de votre épouse figurait sur une liste de passagers, si elle avait été enregistrée sur un vol quelconque ?

– Bien entendu, les gendarmes se sont renseignés et Christine n'était nulle part. Autrement ils n'auraient pas organisé une battue à Virelonde. C'était l'idée du brigadier-chef que le corps de ma femme pouvait se trouver là. Les attaques de joggeuses sont de plus en plus fréquentes.

– Vous étiez mariés depuis combien de temps ?

– Nous le sommes toujours, la corrigea Philippe. J'ai épousé Christine il y a cinq ans.

– Lui était-il déjà arrivé de s'absenter quelques jours sans prévenir ?

– Vous êtes en train de me demander si Christine avait déjà fait une fugue ? La réponse est non.

Il n'avait pas l'air bouleversé. Sa voix était claire, il tenait ses mains jointes immobiles. Il ne tripotait pas nerveusement un objet sur son bureau. Un calme surprenant, vu les circonstances.

– J'ai besoin de savoir à quoi m'en tenir, continua Philippe comme s'il devinait ses pensées. J'aime que les situations soient nettes.

– Vous vous entendiez bien avec votre femme ?

– Comme la plupart des couples, avec des hauts et des bas.

– Votre épouse avait-elle eu un problème récemment ? Avait-elle reçu une nouvelle qui l'aurait troublée ou fortement contrariée ?

– Pas que je sache.

– Voyait-elle un psy ?

– Pas à ma connaissance. Mais elle ne me disait pas tout. A la réflexion, c'est peu probable. Ça ne ressemble pas à Christine d'aller se confier à un psychiatre. C'est une femme très autonome, au caractère solide. Elle a une personnalité très affirmée.

– Vous auriez une photo à me montrer ?

Au lieu de chercher dans son portefeuille, comme la détective s'y attendait, il ouvrit un tiroir et en sortit un cadre de cuir. Le genre de cadre que les directeurs d'entreprise posent sur leur bureau pour se donner du courage, comme s'ils avaient besoin de se rappeler pour qui ils travaillent onze ou douze heures par jour. Mais Philippe Delamare avait rangé la photo de sa femme au fond d'un tiroir, il ne la gardait pas sous ses yeux. Etait-il gêné de croiser son regard ?

Madeleine prit le cadre en main. Physique quelconque, jugea-t-elle au premier coup d'œil, enfin moyen, ne soyons pas trop sévère. C'était un portrait de face, coupé à la taille. Madame Delamare portait un chemisier léger qui moulait sa poitrine, un peu forte pour une femme qui dépassait de peu les trente ans. Elle ne souriait pas. Ses yeux bleus, légèrement exorbités, fixaient l'objectif, donc la personne qui la regardait. Elle était seule sur photo.

– Vous avez des enfants ? demanda Madeleine en restituant le cadre qui retourna direct au fond de son tiroir.

– Non. – Il précisa : Nous n'y tenions pas.

– Je vais avoir besoin de plusieurs photos de votre épouse. Pas seulement de son visage. Des photos en pied, de préférence pas posées. Votre femme en mouvement, habillée différemment.

– Je devrais pouvoir trouver ça. Alors vous acceptez de vous charger de l'affaire ?

– Si nous nous mettons d'accord sur mes honoraires.

– Pas de problème, dit Philippe en sortant son carnet de chèques, vous nous avez été recommandée par une personne de confiance.

– J'aimerais aussi savoir qui votre épouse fréquentait. S'il y avait, en dehors de vous, quelqu'un qui la connaissait bien, une personne proche à qui elle aurait pu faire des confidences, quelque chose comme sa meilleure amie.

– Christine le disait elle-même, elle n'avait pas d'amis, et encore moins de « meilleure amie ». Seulement des relations. – Il se leva : Mais si vous souhaitez rencontrer les relations de ma femme, dit-il en reconduisant sa visiteuse à la porte, je vous suggère d'aller voir à la mairie. Christine était conseillère municipale. Elle avait réussi à se faire élire il y a trois ans à l'occasion d'une élection partielle. Au Conseil, ils la connaissent bien. Mieux que moi, si ça se trouve.

Le lendemain, quinze heures, Madeleine arrêta sa C4 devant la mairie de Grécourt et, avant de se jeter dans la chaleur étouffante du dehors, s'accorda une courte pause dans l'habitacle climatisé. Elle adorait sa voiture, une berline récente dotée de toutes sortes d'équipements et qui lui avait coûté un bras, un achat pourtant moins fou qu'il n'y paraissait si on considérait le temps que sa propriétaire y passait.

En fait, cette voiture, équipée entre autres d'un kit mains libres, d'un ordinateur, de sièges moelleux et inclinables était comme le prolongement de son bureau. Un endroit confortable et commode pour travailler où qu'elle se trouvât. Et bien entendu pour *planquer*, quand elle avait pris quelqu'un en filature et devait patienter des heures avant que la personne qu'elle filait veuille bien ressortir de l'immeuble où elle s'était engouffrée. Autre chose que les petites Renault banalisées hors d'âge dans lesquelles ils planquaient parfois à trois ou quatre, serrés comme des sardines, quand elle était encore à la PJ.

Elle vérifia sa coiffure, se rajusta, puis descendit de voiture. Trois heures, elle avait bien choisi son heure. Il y avait toutes les chances pour que la dernière semaine d'août, en plein milieu de l'après-midi, la mairie soit plongée dans une douce langueur.

Le hall était frais et à peu près désert. Derrière le bureau de l'accueil, deux femmes étaient lancées dans une discussion qui, pour ce qui parvint aux oreilles de Madeleine, avait plus à voir avec les progrès de leur progéniture qu'avec le service de leurs administrés. A l'évidence, ce n'était pas l'un de ces jours chargés où les employées ne savent plus où donner de la tête.

Madeleine s'avança, tout sourire, et lança d'une voix enjouée :

– Bonjour, Mesdames. Il fait bon, chez vous. Ce n'est pas comme à l'extérieur.

Lasse de rester sur sa chaise à ne rien faire, l'une des deux femmes contourna le bureau et s'approcha de Madeleine, l'air disponible.

– Vous désirez ?

– Je voudrais prendre rendez-vous avec Monsieur le Maire.

– Il faut voir ça avec son secrétariat. Mais son assistante n'est pas encore rentrée de déjeuner. Vous pouvez l'attendre, si vous voulez.

– Il y en aura pour longtemps ?

– Elle ne devrait plus tarder. Asseyez-vous, proposa l'employée en lui indiquant le banc de bois ciré qui courait sous les hautes fenêtres de la façade.

– Je suis détective privée, annonça Madeleine sans bouger d'où elle était. Je dois parler à votre maire au sujet de Madame Delamare.

Détective privée, un moyen d'engager la conversation qui avait fait ses preuves. Ça marchait presque à tous les coups.

Le visage de l'employée s'éclaira :

– Ah, dit-elle, vous enquêtez sur la disparition ? C'est tout de même bizarre, cette affaire…

– Vous la connaissiez, Christine Delamare ?

– Plus ou moins. On connaît un peu tous les conseillers, ici.

– Elle était gentille ?

– Bah, ce n'était pas n'importe qui, elle parlait pas beaucoup avec nous. Mais elle avait des manières simples.

– Elle était pas snob, compléta la seconde employée qui les avait rejointes. Elle venait toujours nous serrer la main.

– Ça, pour serrer les mains, elle s'y entendait !
s'esclaffa la première. Les élections sont pour le
printemps prochain, vous imaginez.

– Vous la décririez comment physiquement ?

– Bof… ordinaire. Mais elle avait de la présence.
C'était une personne qui ne passait pas inaperçue et qui
savait se faire écouter.

Sans rien dire, sa collègue repassa derrière le bureau,
ouvrit un placard et revint avec une affichette :

– C'est le trombinoscope… Madame Delamare est
sur la première ligne. La troisième à partir de la gauche.

C'était une vignette. Une réduction de la photo que
Madeleine avait déjà vue chez son client.

– Il a l'air nombreux, votre Conseil. Vous avez
combien d'élus ?

– Vingt-huit. Avec Monsieur le Maire, ça fait vingt-
neuf.

– Madame Delamare n'était encore que Deuxième
adjointe, précisa l'autre employée, mais elle espérait bien
être nommée Première. En tout cas, c'est le bruit qui
courait.

– Les gens la trouvait un peu trop arriviste.

– Pas qu'un peu. On disait que ses dents rayaient le
parquet.

– Elle s'entendait bien avec les autres conseillers ?

– Ça dépendait lesquels ! Dans un Conseil, c'est rare
qu'ils soient tous d'accord. Et il y a des rivalités.

– Elle avait des ennemis ?

L'employée rétropédala :

– Des ennemis, non. Le mot est trop fort.

– Tout de même, corrigea sa collègue, avec
Monsieur Croizet, ces derniers temps, ça chauffait. Ils ne
se saluaient même plus. Ça se voyait qu'il ne la portait
pas dans son cœur, et elle pareil. Une fois, je les ai vus
sur le parking, ils s'engueulaient comme du poisson
pourri…

– Vous croyez qu'il aurait pu arriver quelque chose de grave à votre Deuxième Adjointe ?

– Comment savoir ? Mais c'est quand même étrange, disparaître comme ça, brusquement. Une élue, une femme mariée…

– Oh, mariée, fit l'autre avec une moue pleine de sous-entendus. Je sais pas si ça marchait si bien que ça dans son couple… – Ce que je veux dire, continua-t-elle en réponse à l'interrogation muette de Madeleine, c'est qu'ici, à la mairie, elle avait un copain. Un conseiller, un petit jeune. Vingt-sept ans, très mignon. – Tenez, il est là, ajouta-t-elle en pointant son index sur la photo d'un charmant jeune homme blond…

Arthur Godineau, technico-commercial, né le 4 avril 1989, disait la légende.

– … Il était toujours derrière elle. Même qu'on en rigolait entre nous : Tiens, voilà le toutou de Christine. Ah, voilà Madame Delamare et son chien-chien. Un jour, je les ai même vus tous les deux dans la voiture d'Arthur. Je pourrais pas vous dire où ils allaient.

– Et il y en a une autre qui cracherait pas dessus. C'est Corinne Lepetit… – C'est celle-là, dit-elle en montrant la photo d'une petite dame stricte à Madeleine. Non, mais les yeux qu'elle lui fait, les grâces et les machins. Même à la réception des vœux du maire. Et devant tout le monde, encore… Aucune retenue.

– Aucune pudeur.

– C'est qu'au Conseil, ils ne font pas que travailler ! Il y a des sorties, des dîners sous tous les prétextes, des voyages de groupe. L'année dernière le Comité des Fêtes a même organisé une soirée au Lido !

– J'y suis allée, moi, au Lido. C'était pas mal, on avait bien rigolé.

– En tout cas, ça fait vingt ans que je suis là, et je peux vous dire qu'il y en a eu, des histoires !

– Ah, ça ! Tu te rappelles, René Boulloche avec Armelle Bussy. Et la mère Boulloche qui s'était pointée en plein Conseil...

C'était parti. Les cancans, le moulin à ragots. Elles en avaient presque oublié la détective.

Madeleine laissa courir un moment, espérant qu'il en sortirait quelque chose, puis elle revint à son affaire :

– Le jeune homme, l'ami de Madame Delamare, il n'a pas disparu lui aussi ?

– Ah non, il était là hier. On a même discuté avec lui.

– Il a dû être bouleversé par la disparition de son amie ?

– Bouleversé, je sais pas. Il avait l'air embêté.

– Parce qu'il y en a qui se sont mis à le regarder d'un drôle d'air.

– Il a été interrogé par les gendarmes ?

– Je ne crois pas, non. En tout cas, les gendarmes ne sont pas venus ici. Mais Arthur...

Madeleine n'en apprit pas plus ce jour-là sur le jeune Godineau :

– Tiens, voilà la secrétaire, s'interrompit son interlocutrice en roulant prestement son trombinoscope. Attendez une seconde pour monter, je vais vous annoncer. Le bureau du maire est au premier étage. La porte à gauche sur le palier du grand escalier.

Cinq minutes plus tard, son rendez-vous obtenu pour la semaine suivante, Madeleine redescendit l'escalier d'honneur et, non sans avoir adressé au passage un signe amical aux dames de l'accueil, remonta en voiture et prit la direction du commissariat.

– Chère collègue, chère *ex*-collègue, s'exclama le commissaire Didier Benoist en la voyant entrer dans son bureau. Quelle bonne surprise !

Tous deux se connaissaient bien. Ils avaient travaillé pendant plusieurs années ensemble au SRPJ de Versailles. Didier n'avait jamais été directement sous ses ordres mais Madeleine, déjà capitaine alors qu'il n'était encore que lieutenant, avait un grade supérieur. Bien qu'à peu près du même âge, autour de la trentaine à l'époque, il ne s'était jamais rien passé entre eux. Ils n'étaient pas attirés l'un par l'autre et voilà tout.

– Je te fais pas la bise. On ne fait pas la bise à Monsieur le Commissaire, je suppose ?

Il plaisanta :

– Jamais pendant le service.

Elle contempla le cadre austère, un peu froid, dans lequel il s'était installé et pensa qu'il lui ressemblait. Au SRPJ, il avait la réputation d'un flic efficace, mais pas spécialement chaleureux, plutôt distant :

– Je te félicite pour ta promotion.

– Merci. Et toi, comment vas-tu ? Et ton fils… Guillaume, c'est ça ? Ça lui fait quel âge ?

– Vingt-deux ans. Il fait des études de médecine. Mais en ce moment il est en Afrique. Il est parti avec une ONG.

– Ah, très bien, bravo ! Et ton affaire, ça marche ?

– Ça roule. Je me débrouille.

Il la taquina :

– Elle est à toi la belle C4 que j'aperçois par la fenêtre ?

– Oh, c'est une voiture de fonction, répondit Madeleine avec une totale fausse modestie.

– Tu es toujours à Versailles ?

– Non, j'ai transféré mon agence à Paris. Rue du Quatre-Septembre, dans le quartier de la Bourse. – Elle lui tendit sa carte : Si je peux t'être utile…

– Alors, que me vaut le plaisir ? dit-il en faisant disparaître la carte dans sa poche.

– Oh, rien de spécial. J'avais appris ta promotion et comme j'étais dans le coin, je me suis dit que j'allais passer te dire un petit bonjour.

Une lueur amusée traversa les yeux du commissaire. Ils ne s'étaient pas vus depuis plusieurs années. Son ex-collègue ne s'était sûrement pas déplacée rien que pour lui dire bonjour.

– Et à part ça, qu'est-ce que je peux faire pour toi ?

– C'est au sujet de Christine Delamare. Je voulais te prévenir que son mari m'a chargée de la retrouver.

Il lui rappela :

– Tu sais que les RIF ont été supprimées. Si rien n'indique qu'il y a eu crime, la police ne recherche plus les personnes majeures disparues.

Elle le savait. Et ce n'était pas mauvais pour les agences privées. Ça leur amenait des clients.

– Tu les connais, toi, les Delamare ? Tu les as déjà rencontrés ?

– J'ai vu la belle-mère et le mari de la jeune femme quand ils sont venus signaler sa disparition au commissariat.

– C'est quel genre de gens ?

– Une famille en vue de la commune. Le père est décédé dans un accident, donc le chef de famille à présent c'est la veuve, Elisabeth Delamare. Une femme riche, pas richissime, elle n'est pas classée dans les grandes fortunes de France, mais vraiment très à l'aise. A ce qu'on m'a dit, elle est propriétaire d'un tas de trucs ici, à Grécourt, et elle possède des actions de très grandes entreprises. Je l'ai trouvée sèche et autoritaire, on devine la bonne femme habituée à commander et à être servie. Son fils aîné, qu'elle a eu d'un premier mariage, est dentiste. Son cabinet est dans le centre-ville. Marié, deux enfants. Elle a aussi une fille de vingt-cinq ans qui travaille à Paris au Ministère des Affaires Etrangères. Et il y a le fils cadet, ton client, le mari de la disparue.

– C'est une famille unie ?

– Unie, je ne sais pas. Unie par l'argent en tout cas. La mère semble tenir tout le monde d'une main de fer.

– Qu'est-ce que tu en penses, toi, de cette disparition ?

– Rien. Tout ce que je sais, c'est que la gendarmerie a fait une battue sans résultat.

– Dans tout ce que j'ai appris du mari, il y a un détail qui m'étonne, c'est que cette femme soit partie sans ses bijoux. Elle n'avait que sa montre et son alliance, le minimum qu'on garde généralement pour faire un jogging.

– Ça arrive que les gens s'en aillent sans rien emporter, en plaquant tout ce qui appartient au passé. Comme s'ils voulaient repartir de zéro.

– Il n'y a pas eu de mouvement sur ses comptes en banque depuis la veille de sa disparition. Ni sur son compte commun avec son mari, ni sur son compte personnel. Son dernier règlement avec sa carte Visa a été effectué le samedi chez son coiffeur un peu après dix-sept heures.

– Elle avait peut-être un compte caché.

– Elle était riche, elle aussi ?

– Ah non. Pas du tout. D'après la famille, elle n'avait pas de fortune personnelle. Mais elle avait peut-être des économies secrètes, de l'argent à elle sur un compte à l'étranger. Ou alors elle avait rencontré un autre homme. Elle est peut-être tombée amoureuse, qui sait.

– Son époux m'a dit qu'elle ne figurait pas sur les enregistrements des aéroports.

– Elle aurait pu partir dans n'importe quelle voiture ou prendre l'avion sous un faux nom. Alors qu'est-ce que tu vas faire ? Comment comptes-tu t'y prendre ?

– Je verrai. Je vais fureter, parler avec des gens. Tu connais la musique. – Elle se leva : Bon, Didier, je vais y aller. Je ne veux pas te déranger plus longtemps.

– Tiens-moi quand même au courant si tu tombes sur quelque chose d'inquiétant.

– J'y manquerai pas. – Tout en se dirigeant vers la porte, elle plaisanta : Ah la la, je me demande ce que la police ferait sans nous, les détectives !

Elle referma derrière elle sans lui laisser le temps de répliquer.

Le lendemain, après plusieurs jours de canicule, au tout début de l'après-midi, un bref orage éclata, suivi d'une pluie lourde et tiède qui semblait ne devoir jamais s'arrêter. A cinq heures précises – on lui avait dit qu'Elisabeth Delamare aimait l'exactitude –, Madeleine franchit la grille de Saint-Servin et stoppa sur le gravier, juste en bas du perron. Du moins n'emporterait-elle pas de boue à la semelle de ses souliers.

Elisabeth guettait son arrivée. Elle lui ouvrit elle-même et la fit entrer dans le hall. Un large tapis-brosse avait été jeté sur le précieux tapis persan qui réchauffait le sol carrelé. Madeleine s'y essuya longuement les pieds tandis qu'Elisabeth la regardait faire, dans une attitude qui lui était habituelle, les mains jointes, un sourire patient et approbateur aux lèvres.

Puis la maîtresse de maison entraîna sa visiteuse jusqu'à un petit salon, une pièce intime comparée aux dimensions du hall, meublée d'un précieux mobilier d'époque Louis XV : secrétaire, vitrine et commode ventrus, pieds galbés, fauteuils recouverts d'une soie brochée immaculée sur laquelle Madeleine posa son derrière avec précaution quand elle fut invitée à s'asseoir.

— Vous prendrez du thé ? proposa aimablement Elisabeth.

— Volontiers, répondit Madeleine.

Son hôtesse appuya sur un bouton, faisant apparaître dans la minute une domestique vêtue sans apparat d'une blouse de toile bleu ciel. Son visage était impénétrable mais Madeleine perçut une certaine familiarité dans la manière dont les deux femmes se parlèrent. Elles avaient à peu près le même âge. Sans doute une employée ancienne, qui faisait partie de la maison. Plus qu'une employée, une compagnie. Peut-être même, par moments, une confidente.

— Alors, commença Elisabeth après le départ de la domestique, en quoi puis-je vous être utile ?

Madeleine était surprise, cette dame accueillante et bien disposée ne ressemblait pas au portrait que le commissaire avait esquissé d'une grande bourgeoise arrogante et revêche.

— Et bien, pour commencer, j'aurais besoin d'en savoir un peu plus au sujet de votre belle-fille. Sa personnalité, ses habitudes, les gens qu'elle voyait.

— Je ne demanderais pas mieux que de vous aider, mais les gens que Christine fréquentait, en dehors de la famille et de quelques membres du Conseil municipal, je ne les connaissais pas. Comment voulez-vous, je n'étais que sa belle-mère. Elle ne me présentait pas à ses amis.

Madeleine remarqua l'emploi de l'imparfait. Son interlocutrice dut le sentir car elle lui rappela :

— Ça fait bientôt deux mois que ma bru a disparu.

— Qu'en pensez-vous, de cette disparition ? Vous avez un sentiment, une intuition là-dessus ?

— Personnellement, j'aurais tendance à croire que Christine s'est enfuie. Elle ne s'était jamais sentie tout à fait à sa place parmi nous. Philippe a dû vous le dire, avant son mariage elle travaillait dans son agence comme secrétaire. Mon fils avait épousé l'une de ses employées, rendez-vous compte.

– Vous voulez dire que votre bru ne s'adaptait pas à son nouveau milieu ?

– Oui et non. Christine est maligne et c'est une personne qui a de l'ambition, le désir de s'élever (Madeleine remarqua qu'elle s'était mise à parler au présent). Mais l'éducation, ça se transmet, ça ne s'imite pas. Christine n'accédera jamais au véritable savoir-vivre. – Elle ajouta sur un ton de commisération affecté : Et la pauvre n'a pas fait d'études supérieures. C'est impossible à rattraper, ça, de n'avoir pas fait d'études supérieures.

– Elle avait une activité politique.

– C'est ce que je vous disais : l'ambition. Ma belle-fille voulait devenir quelqu'un, jouer un rôle dans notre ville. Un rôle important. Elle ne l'avouait pas ouvertement, mais je crois que son but ultime était de devenir maire. Ce que je n'approuvais pas, bien entendu. A mon sens, c'était de la pure utopie. Les gens d'ici n'auraient jamais voulu d'une fille comme elle pour maire. Elle n'avait pas de fortune et n'était même pas de la région. Même en portant notre nom, elle n'aurait jamais réussi à se faire élire.

– Elle venait d'où ?

– Elle habitait Paris, mais elle venait de Saint-Brieuc. Une Bretonne, vous voyez. Une tête dure... – Elisabeth se reprit : Un tempérament volontaire, je veux dire.

– La Bretagne, ce n'est pas le bout du monde, se permit d'observer Madeleine qui connaissait une commune d'Ile-de-France dont le maire était originaire d'Afrique du Sud.

– Christine n'était pas des nôtres, c'est tout ce qui importe. Ici, elle n'aurait jamais réussi à se faire élire. Elle aurait dépensé l'argent de mon fils pour rien. Mais il faut tout de même reconnaître qu'en dépit de son origine sociale, politiquement, elle était du bon côté. On peut au moins lui accorder cela. Grâce à Dieu, l'épouse de mon fils pensait juste, elle pensait comme nous. Enfin, sa carrière politique à Grécourt, c'est terminé. J'ai appris qu'on allait procéder à une élection pour la remplacer.

– Vous ne trouvez pas bizarre que votre belle-fille ait abandonné ses projets, renoncé tout d'un coup à ses ambitions ? Qu'elle ait tout laissé tomber alors qu'elle commençait à préparer sa campagne électorale ?

La porte s'ouvrit sans bruit. La domestique revenait avec un plateau.

– Laissez, Marthe, je vais servir. – Lait ou citron ? demanda-t-elle à Madeleine.

– Citron, s'il vous plaît.

Elisabeth remplit leurs tasses avec une indéniable aisance, poussa devant son invitée une assiette de toasts odorants.

Elle reprit :

– Christine est une personne obstinée mais impulsive. Et en même temps secrète. On ne savait jamais à quoi s'en tenir avec elle.

– Elle s'entendait bien avec votre fils ? Ils formaient un couple uni ?

– Ah ça, je n'étais pas dans leur chambre à coucher…

Madeleine nota l'expression. Dans les maisons où s'affairent des domestiques, la chambre à coucher est le lieu des conversations intimes, des éventuelles disputes. La pièce où l'on peut se laisser aller, même si l'on est obligé de parler à voix basse.

– … mais Philippe ne s'est jamais plaint, il ne m'a jamais parlé d'un différend entre eux. Même s'ils ne semblaient pas très amoureux, ils donnaient l'impression de s'entendre. Il faut dire que mon fils gâtait outrageusement Christine. Elle en obtenait ce qu'elle voulait. Et si elle était d'une origine modeste, ses goûts, eux, ne l'étaient pas, je vous prie de le croire ! Ç'en était presque vulgaire. Dans nos familles, nous n'aimons pas l'ostentation.

Donc, traduisait Madeleine, voilà une femme qui a des goûts de luxe et qui s'en va sans ses bijoux, sans les plus belles pièces de sa garde-robe, sans rien emporter d'autre que ce qu'elle avait sur elle. La seule explication possible pour un tel comportement serait une altération de son état psychique, un accès de dépression, une pulsion suicidaire. Ou bien une brusque envie de tout plaquer, mais en laissant tomber cette famille la tête haute, sans rien lui devoir.

– D'une façon générale, mon fils cadet n'aime pas les conflits, poursuivait Elisabeth. C'est presque impossible de se disputer avec lui. A mon sens, c'est un garçon beaucoup trop conciliant. Tout le portrait de son père, Edmond, mon regretté mari. Une crème d'homme qui, hélas, on vous l'a peut-être dit, s'est tué en voiture il y a six ans. Une perte cruelle, irréparable. Pour moi, pour nos enfants…

Elisabeth s'épanchait, évoquant l'homme merveilleux qu'elle avait eu pour époux, pour *second* époux car pour ce qui était du premier, mieux valait ne pas en parler… Ah, celui-ci lui en avait fait voir ! Jamais elle n'aurait dû l'épouser, mais elle en était tombée follement amoureuse, que voulez-vous, la jeunesse…

Madeleine consulta discrètement sa montre. Bientôt six heures du soir, elle était là depuis une petite heure. Le thé refroidissait au fond des tasses. Dehors, la pluie avait cessé. Une lumière surnaturelle avait envahi le jardin comme provenant d'un arc en ciel invisible depuis les fenêtres du salon. Elle cherchait le moyen de prendre congé…

– Est-ce qu'un doigt de porto vous ferait plaisir ? offrit Elisabeth.

Madeleine accepta, l'alcool délie les langues, et puisque son hôtesse le proposait elle-même...

Elisabeth alla ouvrir une petite armoire d'acajou et en retira une étincelante carafe de cristal taillé et deux verres.

– Lalique, indiqua-t-elle en remarquant l'œil admiratif de Madeleine.

Le porto servi, elle se rassit et reprit son récit où elle l'avait laissé, se concentrant à présent sur son histoire personnelle. Sa belle-fille était oubliée. L'entrevue avait pris la tournure d'une visite mondaine mais avec une nuance amicale et confiante, comme si son hôtesse s'adressait à une amie de lycée qu'elle aurait retrouvée après des décennies.

La détective patientait, perplexe. Décidément, rien dans cette rencontre ne se passait comme elle s'y attendait.

Une demi-heure plus tard, au volant de sa voiture, regagnant Versailles où elle avait conservé son domicile, Madeleine tâchait de faire le point. Pendant les deux heures qui venaient de s'écouler, qu'avait-elle recueilli comme information utile à son enquête ? Pas grand-chose. Elisabeth lui avait donné l'adresse de sa fille, qui habitait Paris, et celle du domicile de son fils aîné, le dentiste. C'était mieux que rien. Sa visite n'avait pas été tout à fait inutile.

A part ça, elle était dans le brouillard. Elle avait l'impression que la puissante et certainement très habile Elisabeth Delamare lui avait joué la comédie de la veuve inoffensive, qu'elle l'avait adroitement manœuvrée.

D'un autre côté, Madeleine avait été touchée par ses manières affables. Après tout, cette veuve proche de la soixantaine et qui souffrait peut-être de la solitude, éprouvait-elle réellement le besoin de se confier et avait-elle vu dans sa conversation avec Madeleine un moyen de passer agréablement quelques heures, de faire filer plus vite la fin de l'après-midi ?

Rien ne vaut une femme pour évaluer une autre femme. Si son regard n'est pas toujours tendre, il est souvent plus nuancé et plus lucide que ne l'est en général celui des hommes. Les hommes s'embarrassent rarement de nuances, la plupart d'entre eux jugent les femmes selon quelques critères préétablis, simplistes, et ils ont vite fait de les ranger dans l'une ou l'autre de leurs catégories, ce qui les dispense de chercher plus loin. C'est du moins ce que pensait Madeleine.

C'est pourquoi, au lieu de téléphoner au fils aîné d'Elisabeth pour lui demander un rendez-vous comme elle l'avait fait pour sa mère, s'étant assurée que celui-ci se trouvait bien à son cabinet dentaire, elle se présenta directement au portail de la maison qu'il habitait à trois kilomètres de Saint-Servin.

Elisabeth lui avait appris qu'à l'inverse de son fils cadet, l'aîné avait fait un beau mariage, un mariage accordé, selon le terme qu'elle avait employé. L'épouse du dentiste se nommait Delphine Allard-Bellanger. Fille d'un homme qui possédait l'une des deux plus grosses études notariales du département et dont le patronyme était connu et respecté, elle avait ajouté son nom de jeune fille au patronyme de son mari, lequel portait celui de son géniteur, Allard, le premier époux de sa mère qui ne jouissait d'aucun prestige particulier.

La jeune femme – Madeleine lui donnait la trentaine – vint lui ouvrir avec un air embarrassé. Elle n'avait pas l'habitude de recevoir des visiteurs à l'improviste, mais elle changea immédiatement d'attitude, se montrant nettement plus détendue quand elle sut qui était la femme qui se présentait à sa porte.

Madeleine traversa à sa suite le vaste jardin. Sur sa droite, s'alignaient trois rangées de buissons fleuris parfaitement entretenus : roses, zinnias, myosotis, pour ceux qu'elle était en mesure d'identifier, elle qui n'était pas une fille de la campagne. Il y avait aussi deux beaux chênes, une gloriette aux arceaux entremêlés de feuillage, et quelques chaises de fer forgé.

A sa gauche, porte grande ouverte, au bout d'une allée cimentée, se trouvait un garage, apparemment une ancienne remise, capable d'accueillir trois ou quatre voitures mais qui n'abritait pour l'instant qu'une Lancia décapotable et un van.

– Vous montez à cheval ? s'informa Madeleine.

– Oui, mon mari et moi pratiquons l'équitation depuis notre enfance. – Elle précisa avec modestie : Mais Jérôme est un bien meilleur cavalier. Moi, je me promène, tandis que Jérôme participe à des compétitions. Parfois de haut niveau. L'année dernière, il est arrivé troisième au Challenge hippique du Touquet.

Elle remarqua le regard circulaire de Madeleine, comprit qu'elle cherchait l'écurie :

– Malheureusement, nous ne pouvons pas garder nos chevaux ici. Nous n'avons pas la place pour les installations nécessaires. Violette et Rafale sont en pension au Haras Bailly.

Elle poussa la porte de sa maison restée entrouverte, laissant Madeleine pénétrer la première dans un salon baigné de lumière, essentiellement meublé de tables basses et de grands canapés de cuir gold. Un mobilier moderne et confortable. Rien de comparable en élégance aux meubles XVIIIe de sa belle-mère.

– Asseyez-vous, je vous en prie, dit Delphine en désignant l'un de ses canapés. – Prenant place elle-même sur un fauteuil, elle demanda, pleine de bonne volonté : Alors, qu'est-ce que je peux faire pour vous ?

– Oh, répondit Madeleine sur un ton léger, je suis simplement venue pour parler. J'aimerais avoir votre avis sur la disparition de votre belle-sœur. Et je me demandais si par hasard vous vous souviendriez d'un détail qui pourrait nous aider à la retrouver.

– Et bien justement j'ai eu tout le temps d'y penser à cette disparition subite, si surprenante, et j'en suis arrivée à la conclusion que Christine a fait une mauvaise rencontre pendant son jogging. J'en suis à peu près sûre parce qu'elle m'avait appelée la veille, le samedi dans la matinée, pour me demander si je voulais l'accompagner le lendemain. Il nous arrivait de courir ensemble à Virelonde le dimanche matin. A deux, dans le bois à une heure matinale, nous nous sentions davantage en sécurité.

– Votre belle-sœur vous avait paru normale pendant cet appel ? Vous n'aviez rien remarqué de bizarre dans sa façon de s'exprimer ? Une nervosité, une excitation inhabituelle ?

– Parfaitement normale. J'ai refusé son invitation parce que j'avais des amis à dîner le soir même. J'avais ma petite réception à préparer, mes invités à recevoir. Je me doutais bien que je serais trop fatiguée pour courir le lendemain. Et le dimanche après-midi, aussitôt après le déjeuner à Saint-Servin chez ma belle-mère, je devais conduire mes enfants chez maman, dans une villa qu'elle avait louée sur la côte normande pour y passer les vacances…

– Et c'est ce que vous avez fait ?

– Oui, et je suis restée avec eux jusqu'au mardi. Alors, vous comprenez, je préférais économiser mes forces, m'épargner la fatigue d'un jogging. Mais Christine ne m'aurait pas téléphoné pour m'inviter si elle avait eu l'intention de s'enfuir, c'est évident.

– Vous avez parlé de l'invitation de votre belle-sœur à la police ?

– Aux gendarmes. Et ça confirmait l'intuition du brigadier Vollard. Mais, comme vous devez le savoir, leurs recherches à Virelonde n'ont rien donné.

– Votre opinion ?

– Elle n'a pas changé. Je crois qu'il est arrivé quelque chose de grave à Christine. Si on n'a rien trouvé, c'est peut-être parce qu'elle a été enlevée. Embarquée de force dans une voiture et emmenée ailleurs…

– Vous connaissiez des ennemis à votre belle-sœur ?

– Des ennemis, je ne sais pas. Elle faisait de la politique, elle devait bien avoir des adversaires. Mais si elle a été enlevée, assassinée, mon intuition me dit que ce doit être plutôt l'acte d'un criminel sexuel, un sale bonhomme qui se serait trouvé là par hasard, à l'intérieur ou aux abords du bois, dans la campagne à peu près déserte de si bonne heure le dimanche matin, et qui en apercevant une jeune femme seule aurait profité de l'aubaine. Il pourrait s'agir d'un tueur en série. Comme ce salopard, là, celui qui enlevait des jeunes filles et les séquestrait avec l'aide de sa femme. Christine a pu être cachée dans une cave, violée, torturée… Elle y est peut-être encore, à l'heure où je vous parle, enchaînée, incapable de se défendre. Bien que, logiquement, après deux mois, il n'y ait guère de chances pour qu'elle soit encore en vie. Ce n'est pas si facile de garder quelqu'un dans une cave à l'insu de tous. Il y a du bruit, des voisins… Non, il a dû s'amuser d'elle puis, quand il en a eu assez, il s'en est débarrassé et l'a enterrée quelque part où on ne la retrouvera jamais.

Delphine avait l'air sincère, un ton de conviction et d'affliction qui ne trompait pas. Madeleine en déduisit que si quelqu'un de l'entourage de Christine était responsable de sa disparition, ce n'était pas la femme qu'elle avait sous les yeux, que cette bourgeoise paisible n'était pour rien dans l'affaire et qu'elle en ignorait tout.

– ... Il y a tant de crimes impunis, concluait tristement Delphine.

Soixante pour cent, se remémora Madeleine, parmi lesquels douze pour cent d'homicides volontaires, meurtres ou assassinats non élucidés. Et encore les statistiques ne prennent-elles en compte que les affaires où le corps a été découvert, le crime constaté.

– Votre belle-mère n'est pas de cet avis, dit-elle, amenant adroitement Elisabeth sur le tapis. D'après elle, votre belle-sœur est partie de son plein gré. Faute de réussir à s'intégrer dans votre famille, elle aurait renoncé et tout laissé tomber.

– Oh, Elisabeth ne doit pas s'inquiéter beaucoup au sujet de Christine...

– Comment cela ?

Delphine hésita :

– Eh bien... je veux dire que l'absence de Christine ne doit pas tellement la déranger.

– Pourquoi ? Elles ne s'entendaient pas toutes les deux ? Vous avez assisté à des disputes ?

– Des disputes, non. Nous étions la plupart du temps en famille, tout le monde se surveillait. Mais il y avait entre elles une tension, on sentait bien qu'elles s'agaçaient l'une l'autre. Elles avaient toutes les deux une forte personnalité et ma belle-mère n'aime pas être dominée.

– Votre belle-sœur la dominait ?

– Pas vraiment. Je ne sais pas comment vous décrire leur relation... Si vous voulez, j'avais l'impression que Christine ne manifestait pas la déférence qu'Elisabeth, à son âge et avec sa position sociale, s'estimait en droit d'attendre d'une fille sans fortune, entrée par une chance inespérée dans sa famille. L'attitude de Christine n'était pas assez réservée, elle ne se montrait pas assez respectueuse, voilà. Il faut reconnaître qu'il y avait des moments où elle y allait fort. Il fallait voir comment elle se permettait de contredire Elisabeth. Moi-même je ne me serais jamais permis de parler sur ce ton à ma belle-mère.

– Vous jugiez votre belle-sœur agressive ?

– Agressive, non. Mais elle parlait sec, d'une voix cassante. Et le pire, c'est qu'à mon avis, dans leurs discussions, c'était le plus souvent Christine qui était dans le vrai. Naturellement, je me gardais bien d'intervenir.

– De quoi discutaient-elles ?

– De choses et d'autres. Des spectacles qui venaient de sortir, des expositions artistiques, de l'actualité ; parfois, mais rarement, de politique. C'est incroyable le culot que ma belle-sœur avait ! Par moment, je lui enviais son assurance, cette certitude d'avoir toujours raison. Et son aisance pour s'exprimer, elle qui n'avait été qu'une simple secrétaire !

(Une *simple* secrétaire, releva Madeleine. Quel mépris inconscient dans cet adjectif !)

– ... Ce que je pensais, au fond, c'était que des deux c'était Christine qui était la plus forte. Et c'était peut-être aussi ce qu'Elisabeth pensait et qu'elle avait du mal à accepter.

– Bref, ça ne marchait pas très bien entre elles ?

– Oh, ni plus ni moins que la plupart des belles-mères avec leur belle-fille. Je dirais qu'elles se supportaient. Elles avaient toutes les deux un sacré caractère et, comme dit mon père, il n'est pas bon de mettre deux crocodiles dans le même marigot.

Quand elle effectuait une enquête, Madeleine avait pour habitude d'éplucher le journal local. Une mine d'informations, en particulier sur le comportement et la mentalité des habitants du lieu où ses investigations l'entraînaient.

Bien qu'elle fût elle-même une habitante du département et qu'elle eût déjà sa petite idée sur la mentalité et les usages de ses concitoyens, trois jours après sa visite à Delphine Allard, ne dérogeant pas à son habitude, Madeleine était plongée dans les Faits divers du *Messager des Yvelines* paru le jour même, 10 septembre, quand son attention fut attirée par le titre d'un encadré.

**L'énigme du cadavre de Rambouillet
enfin résolue.
Le corps déterré par le chien d'un promeneur
a livré son secret.**

Alertée, elle prit connaissance de l'article :

Le cadavre découvert il y a huit jours dans la forêt de Rambouillet par le terrier irlandais d'un habitant de la commune est enfin identifié. La comparaison de son ADN avec le Fichier National des Empreintes Génétiques révèle qu'il s'agit de Franck Collet, dit Frankie, trente-quatre ans, sans profession, bien connu des services de police pour des délits mineurs répétés, ivrognerie, coups et blessures, vols à l'étalage, escroqueries minables, ainsi que pour deux cambriolages qui lui avaient déjà valu plusieurs années de prison. L'homme était domicilié à Grécourt, dans le quartier des Prairies. Malgré l'état de décomposition avancée du cadavre, l'examen médico-légal a permis d'établir les causes et la date approximative du décès : la victime avait eu le crâne fracassé, vraisemblablement à coups de pierre ; le crime aurait été commis il y a environ deux mois. La police enquête activement sur les circonstances de cet assassinat, lesquelles, en raison du délai écoulé, seront difficiles à éclaircir.

Madeleine reposa son journal : un marginal, un clodo. Isolé, sans famille, en tout cas réclamé par personne. Et qui, d'après les conclusions du médecin-légiste, avait pourri là pendant plusieurs semaines sans que son absence ait inquiété qui que ce soit, sans que la police de Rambouillet ou celle de Grécourt ait seulement été avertie par des proches de sa disparition... – Ils auraient vite fait de la boucler, leur enquête.

En tombant sur le titre de l'article, la détective avait tout de suite pensé à la femme qu'elle était chargée de retrouver. Un cadavre du sexe masculin n'était pas exactement ce qu'elle attendait. Malgré tout, son instinct, et le fait que le légiste ait approximativement situé la mort au début de juillet, c'est-à-dire à l'époque où Christine Delamare avait disparu, l'incitait à aller faire un tour dans le quartier mentionné par le journaliste, en espérant bien sûr que l'homme y habitait encore au moment de son assassinat.

De loin, depuis la route qui conduisait à Grécourt, au nord de la ville qui se développait sur un coteau en pente douce, le quartier des Prairies se présentait comme un ensemble de tours blanches s'élançant vers le ciel, bizarrement flanquées de l'amas grisâtre formé par un groupe d'immeubles vétustes qui subsistaient là en attendant leur démolition.

Madeleine gara sa voiture dans le parking de la partie moderne et pénétra à pied dans le quartier ancien. L'article du *Messager* ne donnait pas l'adresse exacte de l'homme dont on avait déterré le corps à Rambouillet, mais le malheureux, sans doute un pauvre type malchanceux, habitait probablement dans la partie en déshérence du quartier.

Le soleil arrêté par les tours qui cernaient partiellement l'îlot, les rues – trois ou quatre, pas plus –

étaient étroites et sombres, bordées par des rangées de petits immeubles construits au XIXe siècle. La plupart des locaux du rez-de-chaussée, qui avaient été autrefois des boutiques, étaient désaffectés, barricadés de planches de bois ou de murs de parpaings presque entièrement recouverts de tags.

Madeleine prit la première voie qui s'offrait – la rue du Marché comme l'indiquait une plaque usée tout juste lisible –, dépassa une boulangerie (en activité celle-ci, et d'où s'échappait tout de même une réconfortante odeur de pain chaud), puis une échoppe de fast-food – sandwichs et pizzas –, et tomba, au bout de la rue, sur un café ouvert, un bar-tabac à l'enseigne *Le Lucky*, peinte en lettres rouges partiellement écaillées sur sa devanture. Elle ne savait pas si ce nom avait été inspiré par *Lucky Strike* ou par *Lucky Luke*, mais à en juger par l'aspect délabré du lieu, c'était plutôt « *No Luck* » (*Pas de chance*) qu'il aurait dû s'appeler.

« Changement de décor », murmura-t-elle pour elle-même en franchissant le seuil de l'établissement.

C'était un tout petit café, au sol déjà sali bien qu'on ne fût encore qu'à la fin de la matinée, les abords du comptoir jonchés de mégots écrasés et de papiers froissés : les jeux à gratter ou les *Rapido* perdants achetés une minute avant au bureau de tabac qui occupait le coin du comptoir, à côté de la porte.

Une tireuse à bière à un seul bec distribuait une marque unique. Trois hommes, retraités ou chômeurs, étaient accoudés au comptoir devant un demi pression ou un café arrosé. Assise à un guéridon, près de la vitre garnie jusqu'à mi-hauteur d'un rideau jauni, une femme pauvrement vêtue attendait Dieu sait quoi en tirant avec une paille sur son Vittel-menthe.

Rien à voir avec l'environnement luxueux des gens que Madeleine rencontrait depuis le début de son enquête.

Elle acheta un paquet de cigarettes et alla se poster au bar.

– Un express, commanda-t-elle en expédiant au patron son plus chaleureux sourire.

Ce brave homme n'était pas habitué à voir des visages avenants de si bonne heure devant son comptoir. Le matin, c'était plutôt des figures renfrognées qu'il croisait, mines abattues, yeux gonflés et rougis par les excès de la veille. Et d'une façon générale les jolies femmes souriantes, bien habillées et bien coiffées, étaient plutôt rares dans sa clientèle.

– Si vous avez besoin de quelque chose, n'hésitez pas à demander, proposa-t-il gracieusement en lui apportant son café.

– Merci, très aimable. Et bien, justement, j'aimerais savoir si vous connaissez un nommé Franck Collet.

– Franck ? répéta le patron, l'air surpris. Vous cherchez Frankie ? Ça fait un moment qu'on l'a pas vu.

– Frankie, il a sûrement pris des vacances ! plaisanta un client à l'autre bout du bar, déclenchant un éclat de rire dans l'assistance.

Et devant le visage interrogatif de la jeune femme :

– Des vacances à Fleury, précisa un autre, rigolant toujours. C'est là qu'il part en villégiature d'habitude, le Frankie !

Compris, se dit Madeleine. Ses copains de bistrot le croyaient en prison. Ils n'avaient donc pas lu *Le Messager* de l'avant-veille.

– Il habite dans le quartier ?

– Qu'est-ce que vous lui voulez à Frankie ? grogna de loin la dame au Vittel-menthe sur un ton méfiant.

Madeleine lui servit le mensonge qu'elle avait préparé :

– J'ai un message pour lui. Je suis une amie de sa tante. Elle avait perdu son adresse exacte. La pauvre femme ne va pas bien et elle essaie de le joindre.

– Il habite dans la rue, s'empressa de la renseigner le patron, désireux de se rendre agréable à la charmante personne qui ce matin-là illuminait son établissement. Un peu plus loin sur le même trottoir, au numéro 14. Mais c'est à peu près sûr que vous le trouverez pas. Quand il est chez lui, il vient ici presque tous les jours et comme je vous ai dit, il y a un bout de temps qu'on l'a pas vu.

Un instant plus tard, après avoir longé quelques petits immeubles aux façades si encrassées qu'elles semblaient n'avoir pas été ravalées depuis un siècle, Madeleine atteignit l'adresse indiquée.

Elle entra dans un couloir humide où stagnait une odeur d'égout. Sur le mur d'un vert pisseux dont la peinture se détachait par plaques, s'alignaient quelques boîtes à lettres. Certaines, leur serrure cassée, étaient entrouvertes. Madeleine espéra que ce serait le cas de celle qu'elle cherchait. Pas de chance, la boîte étiquetée F. Collet, était bel et bien fermée, bourrée de paperasse qui débordait par sa fente. La police ne s'était pas encore déplacée jusqu'ici, même s'il était à prévoir qu'elle n'allait par tarder.

Experte dans ce genre de manipulation illicite, après avoir regardé autour d'elle pour s'assurer qu'il n'y avait personne dans les parages, Madeleine sortit un trombone de sa poche, le tordit prestement et actionna sans difficulté la serrure, laissant s'échapper un paquet de prospectus et d'enveloppes qu'elle retint de justesse à deux bras. Elle sépara les enveloppes oblitérées de la paperasse publicitaire : trois d'entre elles étaient à l'en-tête d'EDF ou de GDF, une quatrième provenait d'un cabinet d'huissiers.

La lettre la plus récente, celle d'EDF, ce devait être une facture, portait le tampon du 5 juillet précédent. Madeleine consulta le calendrier de son portable : le 5 juillet tombait un vendredi. La lettre avait dû arriver dans la boîte deux ou trois jours plus tard, soit le lundi 8 juillet. On pouvait donc en déduire que son destinataire n'avait pas pris son courrier depuis cette date, c'est-à-dire depuis le lendemain du jour où Christine Delamare s'était évanouie dans la nature.

C'était peut-être une coïncidence. Ou peut-être pas.

Madeleine remit le courrier au complet à sa place et referma la boîte.

Pendant l'entrevue qu'elle avait eue avec le maire de Grécourt – une entrevue très brève, l'édile, moins loquace que son personnel de l'accueil, ne lui avait pas accordé plus de cinq minutes de son temps précieux –, toute son aide s'était résumée à lui indiquer deux élus qu'il savait assez proches de Christine : Arthur Godineau, qui lui servait un peu d'assistant, et Corinne Lepetit, la conseillère aux affaires culturelles.

Le maire lui ayant indiqué où celle-ci travaillait – elle était chef-comptable dans un magasin d'optique du centre-ville –, Madeleine avait attendu la fin de l'après-midi et était allée la demander à la réception. La conseillère était descendue presque aussitôt et elle n'avait eu aucun mal à l'entraîner à la terrasse d'un café voisin.

En général, Madeleine qui était sympathique et adroite mettait assez facilement en confiance les gens qu'elle interrogeait au cours de ses enquêtes. Il lui arrivait pourtant de tomber sur des interlocuteurs réticents. Mais Corinne Lepetit était ce que les détectives appellent une « bonne cliente ». A peine assises, à peine leurs sodas commandés, sans attendre d'être questionnée, elle commença bille en tête :

– Alors vous enquêtez sur la disparition de Christine Delamare ?

– Votre maire m'a dit que Madame Delamare et vous étiez assez liées.

– Oh, ça, c'est de histoire ancienne, ce n'est plus du tout d'actualité ! Au début, oui, il y a trois ans, quand elle est arrivée au Conseil, j'ai un peu essayé de me rapprocher d'elle parce que je m'étais aperçue que nous étions d'accord sur pas mal de points. Je m'étais dit qu'on aurait pu s'épauler. Et puis il me semblait que Christine était quelqu'un de brillant. Dans les discussions, elle n'était jamais à court d'arguments. Et elle pouvait être drôle aussi, elle avait de la repartie. Je dois reconnaître qu'elle m'épatait un peu. Hélas, par la suite, ça s'est mal passé. Je ne vais pas entrer dans les détails, mais j'ai vite eu le sentiment qu'elle m'utilisait. Elle me demandait trop souvent des services, elle avait tendance à se décharger sur moi de ses corvées. J'ai fini par me dire qu'elle me prenait pour une imbécile. A un moment, je l'ai envoyée promener et j'ai pris du recul. Au fond, égoïste et arriviste comme elle était, ce n'est pas surprenant qu'il lui soit arrivé quelque chose…

– C'est ce que vous pensez personnellement ? Qu'il lui est arrivé quelque chose ?

– Je vais vous dire, tout le monde croit qu'elle a quitté la ville, surtout après la battue ratée des gendarmes. J'y ai participé à cette battue et je suis bien placée pour vous dire que c'était un fiasco complet. Mais moi, ça fait un moment que je réfléchis à la question et j'en suis arrivée à penser qu'il s'est produit un événement grave. Christine, au fond, c'était qui ? Une femme partie de rien, une secrétaire qui avait réussi à se faire épouser par son patron, un fils Delamare, excusez du peu, l'héritier d'une des grandes fortunes de la ville, et comme si ça ne lui suffisait pas, elle avait des ambitions politiques ! En somme, c'était exactement ce qu'on appelle une aventurière. Et bien, les aventurières, la plupart du temps, elles finissent mal.…

Tout en l'écoutant pérorer, Madeleine observait son interlocutrice. C'était une petite dame brune d'un cinquantaine d'années, habillée d'un chemisier blanc et d'un tailleur marine coupé dans un tissu médiocre dont, à cause de la chaleur, elle avait ôté la veste. Le genre de femme qui a des idées arrêtées sur tout, péremptoire et sûre d'elle.

– Déjà, poursuivait la conseillère, Christine Delamare avait un sérieux désaccord avec notre collègue Roland Croizet...

Ce désaccord, Madeleine en avait déjà entendu parler par les employées de la mairie, mais Corinne Lepetit se fit un plaisir de lui fournir les précisions qu'elle avait déjà données au brigadier quand elle était allé discuter avec lui après la battue, et qu'elle répétait depuis à qui voulait l'entendre :

– ... Tous deux se faisaient la guerre au Conseil à propos du château de Virelonde. Chacun avait son idée sur ce qu'il convenait d'en faire et se battait pour imposer son point de vue. Et par-dessus le marché, ils étaient rivaux pour le poste de Premier adjoint aux prochaines municipales. Alors, vous pensez bien que Croizet ne la portait pas dans son cœur... En plus, il y avait la relation de Christine avec le jeune Godineau qui faisait jaser. Arthur Godineau, un conseiller arrivé là depuis même pas un an grâce à une élection partielle. Vous pensez bien que cette aventure, euh, cette relation avait dû arriver aux oreilles du mari, Philippe Delamare, et il est évident qu'un homme dans sa situation, ne pouvait pas supporter longtemps d'être ainsi trompé, ou tout au moins ridiculisé aux yeux de tous. C'est que ce n'est pas n'importe qui, les Delamare. La mère, Elisabeth, est riche à millions. Rien qu'ici, dans le centre-ville, elle est propriétaire de deux ou trois immeubles et de plusieurs magasins. Sans parler de ce qu'elle possède à la périphérie...

113

Madeleine dressa l'oreille :

– A la périphérie ?

– Oui, dans le quartier nord.

– Le quartier des Prairies ?

– C'est ça.

– Dans la partie moderne, vous voulez dire ?

– Non, dans le vieux quartier. A elle seule, Elisabeth Delamare détient un bon quart de l'îlot. Des immeubles en piètre état qui sont depuis des décennies dans sa famille. Le tout sera bientôt rasé pour construire des immeubles neufs et elle attend tranquillement d'être expropriée. A la mairie, je suis bien placée pour le savoir. Je pourrai vous emmener au cadastre, si vous voulez.

Madeleine s'efforçait de rester impassible, mais sa respiration s'était accélérée, son cœur s'était mis à battre à grands coups. Comme un limier flairant l'odeur du gibier, elle était aux aguets. Si le numéro 14 de la rue du Marché faisait partie des propriétés d'Elisabeth Delamare, Frankie Collet avait été son locataire. Madeleine aurait alors mis le doigt sur un lien – ténu, mais un lien tout de même – entre la famille Delamare et le cadavre déterré dans la forêt de Rambouillet.

Elle approuva chaudement la conseillère :

– Mais bien sûr, le cadastre, quelle bonne idée ! Je vous y accompagnerai volontiers.

Comme elle l'avait fait cinq jours plus tôt, Madeleine gara sa voiture dans le parking du quartier moderne et se rendit à pied dans l'îlot vétuste. Elle emprunta de nouveau la rue du Marché, dépassa le numéro 14, et alla frapper deux coups légers à la porte vitrée du *Lucky*, le bistrot du coin. Il était huit heures moins vingt. L'établissement n'était pas encore ouvert. Quelques lumières étaient allumées, celles du fond de la salle et celle provenant de la cuisine où le propriétaire du lieu s'affairait. Avec un peu de chance, elle pourrait bavarder avec lui un moment avant l'arrivée des premiers clients.

Le patron alla ouvrir et reconnut immédiatement sa visiteuse. Il paraissait content de la voir, avec l'air de n'en penser pas moins.

– Tiens, tiens, se moqua-t-il gentiment. Quelle bonne surprise ! – Il s'effaça : Entrez donc, je vous en prie.

La police était passée, devina Madeleine, ils étaient allés interroger le propriétaire du café le plus proche du domicile de Frankie et lui avaient appris son assassinat. Bien entendu, le cafetier avait aussitôt fait le rapprochement avec la charmante dame qui était venue peu de temps avant demander l'adresse du malheureux sous un prétexte bidon.

Il conduisit Madeleine jusqu'à la cuisine

– Je vous offre un café ?

– Volontiers, merci.

– Installez-vous, dit-il en désignant la grande table qui occupait le milieu de la pièce.

Il la laissa seule un instant pour aller tirer deux cafés à la machine du comptoir. Madeleine regarda autour d'elle : la cuisine était propre mais désuète, certainement pas aux normes devenues draconiennes pour la restauration.

– Oui, reconnut le propriétaire des lieux en revenant avec leurs deux tasses, ici, ce n'est pas très moderne. Mais avant deux ans tout le quartier sera rasé, alors on n'a pas de raison de faire des frais. – Et bien, fit-il en tirant une chaise en face d'elle, vous êtes une petite farceuse, vous. Vous nous avez bien fait marcher l'autre jour en prétendant que vous vouliez parler à Frankie. Vous le saviez déjà, à ce moment-là, qu'il était mort, hein ? C'était seulement son adresse que vous cherchiez ?

Madeleine prit un air confus :

– Vous avez raison. Je m'appelle Madeleine Raynal et je suis détective privée. J'étais là pour mon enquête. Donc, si je comprends bien, depuis ma visite vous avez eu celle de la police ?

– La police de Rambouillet. Ils voulaient des renseignements sur Frankie. Il y a eu aussi un journaliste qu'est venu rôder par ici, un type du *Messager*.

Ah oui, le journaliste, l'auteur de l'article… Faudra que j'aille le voir, celui-là, se promit Madeleine. Il en sait sûrement plus que ce qu'il raconte dans son journal.

– Alors comme ça vous enquêtez sur Frankie Collet ? Mais qui a bien pu vous engager ? Qui peut s'intéresser à lui tout d'un coup ? D'après ce que m'ont dit les flics, personne n'avait signalé sa disparition. C'était vraiment le gars dont tout le monde se fout ! Même ceux qui l'ont trouvé, les policiers de Rambouillet, ça m'étonnerait que leurs investigations aillent bien loin. Ils vont pas se décarcasser pour un vagabond, un clochard qu'était même pas de leur commune ! Et puis maintenant qu'on l'a retrouvé assassiné, voilà que quelqu'un s'intéresse à lui au point de faire appel à une agence privée ?

Ce bonhomme a oublié d'être bête, pensa Madeleine. Elle s'emmêla un peu dans son explication :

– Ce n'est pas exactement sur Franck Collet que j'enquête. En fait, je m'intéresse à ce qui lui est arrivé… mais, euh… indirectement.

Le patron amena jusqu'à eux une corbeille qui attendaient au bout de la table :

– Vous voulez un croissant ? Ils sont encore chauds, le boulanger vient de les apporter.

– Le boulanger qui est un peu plus bas dans la rue ?

– Oui, il m'en livre deux douzaines tous les matins.

L'odeur de pain cuit qui émanait du fournil revint aux narines de Madeleine. Elle avait déjà pris son petit-déjeuner et faisait en général attention à sa ligne, mais elle accepta le croissant et mordit dedans à belles dents. Une façon de s'imprégner de la vie du quartier, comme si le fait de manger la même chose que Frankie, qui avait dû en dévorer des centaines de ces croissants du boulanger du coin, allait lui révéler quelque chose sur lui, et lui permettre à elle, en se mettant un instant à sa place dans une sorte de communion alimentaire à retardement, d'accéder à une parcelle de vérité.

Le patron du *Lucky* attendait la suite.

– ... Il pourrait y avoir un lien, consentit Madeleine, entre cet assassinat et l'enquête dont on m'a chargée.

Elle s'interrompit ; la porte arrière de la cuisine, qui donnait sur l'étroit couloir de l'immeuble, venait de s'ouvrir. Une femme – dans laquelle Madeleine reconnut la personne qui sirotait un Vittel Menthe le jour de sa première visite – apparut dans l'embrasure. Elle jeta à Madeleine un regard en dessous. Elle aussi l'avait reconnue, elle avait parfaitement identifié la femme qui lui avait raconté un bobard quand elle lui avait demandé ce qu'elle voulait à Frankie. Cette histoire de vieille tante malade qui essayait de joindre son neveu. A présent, comme tout le monde dans le quartier, elle était au courant de la mort de son copain.

– Bonjour Messieurs Dames, dit-elle d'un ton surpris et rancunier.

– Bonjour Madame, répondit Madeleine avec un sourire d'excuse.

– Salut Mariette, dit le patron. Tu veux un café ?

– Pas tout de suite. J'en prendrai un plus tard.

La nouvelle venue alla ouvrir un placard, en sortit un seau et un balai et passa dans la salle qu'elle se mit à balayer et à laver à grande eau.

– ... Il pourrait y avoir un rapport, reprit Madeleine quand la femme de ménage fut sortie, entre l'affaire dont je m'occupe et la mort de Franck Collet, mais ce n'est pas certain, c'est seulement une hypothèse. Je ne peux pas vous en dire plus pour l'instant parce que je suis tenue au secret professionnel. C'est une histoire de dates qui coïncident et qui me font penser que les deux événements pourraient être liés. Il semblerait qu'ils se soient produits à peu près au même moment.

– Vous parlez du moment où on a découvert Frankie ?

– Non, je pense au moment retenu approximativement par le légiste pour son assassinat. D'après ses conclusions, quand ils l'ont trouvé, il était mort depuis environ deux mois.

– Et bien le légiste ne doit pas être loin du compte. Nous, ça faisait un peu plus de deux mois qu'on l'avait pas vu.

– Mais les derniers temps, avant sa disparition, vous n'aviez rien remarqué, rien entendu ? Il n'avait pas parlé d'un problème qu'il aurait pu avoir, une chose qui l'aurait inquiété, une menace quelconque ? Il ne s'était confié à personne ?

– Pas à ma connaissance. J'avais rien remarqué de spécial, Frankie était comme d'habitude. Et j'ai jamais entendu parler de rien.

Dans la salle, les bruits s'intensifiaient, le claquement des semelles de Mariette sur le sol carrelé, le branle-bas des chaises, l'eau qui coulait de la serpillière tordue au dessus du seau.

Madeleine éleva la voix :

– Il n'est jamais venu chez vous en compagnie de gens que vous ne connaissiez pas ?

– Non, je l'ai jamais vu avec un inconnu. Il arrivait toujours seul. Il retrouvait ses copains habituels.

Tout en s'activant, la femme occupée au ménage devait les écouter d'une oreille car elle s'arrêta sur le seuil de la cuisine :

– Moi, je l'ai vu parler à quelqu'un, déclara-t-elle avec assurance. C'était à la fin du mois de juin, le 29, un samedi. Je m'en rappelle parce que je revenais de travailler chez Madame Bernier dans le quartier neuf, et j'avais touché mon mois. Et bien, Frankie, il discutait avec un homme sur le parking. Un Monsieur, pas quelqu'un du quartier.

– Vous le connaissiez, ce Monsieur ?

– Non, je l'avais jamais vu.

– Vous le reconnaîtriez ?

– Je crois pas. C'était de loin. J'ai pas bien vu sa figure.

– Vous avez vu sa voiture ?

– J'ai pas fait attention à la voiture. Il y a toujours plein de voitures dans le parking. Tous les deux, ils étaient dehors, ils discutaient devant l'entrée.

– Il était quelle heure ?

– Un peu après onze heures. J'en suis sûre parce que je fais le ménage chez Madame Bernier deux fois par semaine de neuf heures à onze heures. Le type qui parlait à Frankie était en costume, bien habillé...

– Bien habillé comment ? demanda Madeleine, se rappelant l'élégance vestimentaire de Philippe Delamare, qui ne lui avait pas échappé lors de sa visite place Vendôme.

– J'en sais rien, moi. Un monsieur bien fringué, quoi !

– Bien fringué comme une gravure de mode ?

– Je sais pas, je regarde pas les journaux de mode. Il avait pas le genre du quartier.

– Il avait quel genre ?

– Le genre sérieux. Il avait pas l'air de rigoler. Sur le coup, j'ai pensé que c'était un huissier qu'était venu embêter Frankie. Parce que Frankie m'avait dit qu'il avait des loyers en retard et que sa propriote était après lui...

– *Sa* propriote ? sursauta Madeleine. C'est une femme ?

– Ah oui, et cette bonne femme, il y a presque la moitié du quartier qu'est à elle. Le vieux quartier, je veux dire.

– Vous l'avez déjà vue ? Vous connaissez son nom ?

– Ah non, moi je suis pas dans son secteur. La partie où j'habite appartient à une société, une espèce de groupe immobilier.

Madeleine était sur des charbons ardents.

– C'est la mère Delamare, la propriétaire de Frankie, la renseigna placidement le patron du *Lucky*.

– Elisabeth Delamare ?

– Je me souviens pas de son prénom. Mais ça doit être ça. Oui, Elisabeth, je m'en rappelle maintenant. C'est aussi ma propriétaire, je lui loue mon établissement, enfin je lui loue les murs. Parce que, attention, je suis propriétaire du fonds, c'est moi le patron ici.

Du temps de gagné, pensa Madeleine. Elle n'aurait pas besoin d'aller au cadastre. Elle avait eu le nez creux de venir traîner par ici, à présent elle avait la confirmation de ce que lui avait dit Corinne Lepetit. Selon Mariette, la moitié du quartier appartenait à Madame Delamare, tandis que la conseillère n'avait parlé que d'un quart. Exagération normale. Mais tout ce qui comptait, c'était que Frankie habitait dans ce quart-là, que le 14 de la rue du Marché où il vivait appartenait à Elisabeth. Elle était bien sa « propriote » et il lui devait plusieurs mois de loyers, ce qui pouvait constituer une information intéressante. Madeleine vida sa tasse et amorça un mouvement pour partir :

– Merci pour le café, je ne vais pas vous embêter plus longtemps…

– Mais vous ne m'embêtez pas du tout ! se récria son hôte. Au contraire. Je suis trop content d'avoir de la compagnie. – … Allez, vous n'allez pas me quitter si vite, continua-t-il pendant que Mariette retournait finir son ménage. Laissez-moi vous servir une autre tasse.

Estimant discourtois de prendre le large maintenant qu'elle avait fait sa provision d'infos, Madeleine se résignait à patienter quand elle fut opportunément tirée d'affaire par Mariette :

– Il est huit heures dix, Fernand, il y a déjà quelqu'un qu'attend dehors. Tu veux que j'aille ouvrir ?

– Qu'est-ce qu'elle a dit ?

– Elle a dit qu'elle avait vu Franck Collet qui parlait avec un inconnu sur le parking, un « Monsieur » selon ses termes, un homme vêtu comme un bourgeois. C'était peut-être Philippe Delamare… ?

En sortant du Lucky, Madeleine était allée directement au commissariat. Le commissaire Benoist n'était pas arrivé et elle avait dû patienter dans la salle d'attente. Décidément, ça devenait une habitude chez elle de se pointer chez le gens avant l'ouverture.

– Et quand bien même ? Si Collet devait des loyers à sa mère, le fils était peut-être simplement venu les récupérer, ou intimider le locataire, lui faire peur pour qu'il se décide à payer.

– Possible. Mais il pourrait aussi y avoir un rapport avec la disparition de sa femme. Philippe va parler à Franck Collet le samedi 29 juin (la femme de ménage est certaine de la date) et sa femme disparaît le 7 juillet, c'est-à-dire huit jours après…

– Rien ne nous dit que c'était Philippe Delamare que ton témoin a vu avec Collet. C'aurait aussi bien pu être un huissier qui venait réclamer les loyers, ce serait plus logique. Ou quelqu'un d'autre, pour une affaire complètement différente, un trafic quelconque. C'est qu'il avait déjà un joli casier, ton Collet.

– D'accord, mais si c'était bien lui, si c'était bien Philippe ? Il va parler à Collet et sa femme se volatilise une semaine plus tard... Et puis dans la foulée (je te rappelle que le médecin légiste a situé la mort de Collet il y a environ deux mois, ce qui nous renvoie au début de juillet) le pauvre type est assassiné dans la forêt de Rambouillet... Avoue que c'est quand même bizarre.

– Qu'est-ce que tu en déduis ?

– Et bien, je me trompe peut-être, mais je me dis qu'il ne serait pas impossible qu'elle se trouve quelque part par là, Christine, au fond d'un lac, ou enterrée, ou cachée sous les broussailles.

– Et qu'est-ce qu'elle serait allée faire à Rambouillet, tu peux me le dire ? T'as aussi une idée là-dessus ? C'est à Virelonde qu'elle faisait son jogging, et c'est dans ce coin-là qu'un témoin a vu sa voiture.

– Je ne sais pas. J'ai comme une intuition. Je sens que ça serait peut-être intéressant d'aller jeter un coup d'œil là-bas.

– Tu veux qu'on aille faire des recherches à Rambouillet ? T'es pas tombée sur la tête ? Les gendarmes ont déjà fait une battue à Virelonde...

– Mais ils n'ont rien trouvé.

– ... et puis ce sont eux, les gendarmes de Grécourt, qui ont ouvert l'enquête. Je ne vais pas commencer à marcher sur leurs plates-bandes.

– Tu marcherais pas sur leurs plates-bandes puisqu'ils ont laissé tomber. Ils font plus rien.

– Mais ils l'ont pas refermée, leur enquête, ils attendent un fait nouveau. Pourquoi tu vas pas la leur raconter à eux, ta petite histoire ?

– Ils me riraient au nez. Tandis que toi, tu me connais. Tu sais bien que ce n'est pas mon genre de déranger les gens pour rien. On a été collègues, je te rappelle.

Le commissaire s'en souvenait. Et il n'avait pas oublié que lorsque Madeleine Raynal était dans la police, et avec le titre de capitaine, ce qui n'est pas rien, elle était considérée comme une excellente enquêtrice, persévérante et intuitive.

– Qu'est-ce que tu attends de moi, au juste ?

Madeleine prit son élan et lâcha le morceau :

– Qu'on organise une battue dans la forêt où on a trouvé Franck Collet.

– Une battue à Rambouillet ! Mais la forêt fait plus de vingt-mille hectares, c'est le plus grand domaine forestier des Yvelines ! Et avec des étangs, des plans d'eau par dizaines…

– On pourrait au moins explorer le coin où on a découvert son cadavre. Le plus simple serait que tu te mettes en rapport avec la police de là-bas, comme ça s'est passé dans leur secteur, ça paraîtra tout naturel. Et il n'y aura pas de problème de susceptibilité, euh… de rivalité avec la gendarmerie d'ici.

– N'y songe pas. Tout ce tintouin pour une idée qui t'a traversé l'esprit, une intuition comme tu dis, alors qu'on ne sait même pas si c'était effectivement Philippe Delamare qui discutait sur le parking avec Collet…

Benoist se tut, secouant négativement la tête, mais il avait l'air pensif. Madeleine jugea que c'était bon signe. Son ex-collègue devait se dire que ce ne serait pas mauvais pour lui, en poste à Grécourt depuis seulement quelques mois, s'il parvenait à résoudre l'énigme de la disparition d'un membre d'une famille influente de la ville. Evidemment, il se ferait immédiatement une réputation, il serait admis par la bonne société, *considéré…*

Elle enfonça le clou :

– Quand même, imagine un peu, en admettant que j'aie vu juste et qu'on retrouve Christine Delamare à

Rambouillet... Au final, ce serait toi, le commissaire Didier Benoist, qui aurait résolu l'affaire.

Il réfléchissait toujours, un peu ébranlé.

– Ça va pas être possible, conclut-il. Pour que je prenne contact avec la police du secteur, il me faudrait du solide. Autre chose qu'une simple supposition. Ils ne déclencheront rien sans un indice valable, un témoin fiable, quelqu'un qui l'aurait vue par là, ou bien, encore mieux, un élément matériel. Tu n'as qu'à y aller voir, toi, dans la forêt de Rambouillet. Et si tu me rapportes quelque chose de probant, une trace indubitable de son passage, alors je reconsidérerai la question et je verrai ce que je peux faire.

Le bureau du *Messager des Yvelines* se trouvait à Saint-Germain-en-Laye, l'une des trois sous-préfectures du département. En quittant le commissariat, Madeleine se précipita dans sa voiture, espérant y arriver avant la pause déjeuner.

Le bref article concernant Collet sur lequel elle était tombée par hasard en parcourant l'hebdo n'était pas signé. Mais elle savait que son auteur s'intéressait à l'affaire, qu'il ne s'était pas contenté de rédiger son info en vitesse pour s'en désintéresser aussitôt puisque, comme le lui avait appris le patron du bistrot des Prairies, il avait pris la peine d'aller fureter dans le quartier de la victime. Dans chaque journaliste, il y a un détective qui sommeille.

Elle eut de la chance, il n'y avait que deux reporters présents au bureau ce matin-là mais l'un des deux était bien l'auteur de l'article. Il se nommait Patrick Clairon. C'était un rouquin dans la trentaine, mince et nerveux, avec un visage éveillé.

Madeleine ne s'était pas trompée, il devait garder le sujet dans un coin de sa tête car il réagit avec intérêt quand elle mentionna Franck Collet. Comme il était un peu plus de midi, après avoir échangé quelques mots, ils décidèrent de continuer leur conversation en allant déjeuner ensemble.

A une centaine de mètres du journal, sur le même trottoir, le jeune homme poussa la porte d'un établissement d'apparence modeste. La salle était comble, très animée.

– C'est ici que je mange d'habitude quand je suis au bureau, dit-il en se dirigeant vers une table relativement tranquille. A midi, c'est la cantine des employés du quartier. C'est simple mais la cuisine est bonne. – Alors comme ça, reprit-il quand ils eurent passé leur commande, vous vous intéressez à Franck Collet ?

Madeleine connaissait bien les journalistes. Quand elle était encore dans la police, dès qu'une affaire faisait un peu de bruit, elle en avait un essaim à ses basques, tournoyant autour d'elle avec leurs appareils photos et leurs questions insistantes. Dans certaines circonstances, assez rares, il leur arrivait même de collaborer, de se rendre mutuellement des services.

Mais sa relation avec les représentants de la presse était désormais bien différente. A présent, ils étaient plus ou moins concurrents. Si elle voulait obtenir une info du reporter, elle devrait trouver une monnaie d'échange. C'était donnant-donnant, chacun s'efforçant de soutirer le maximum d'infos à l'autre en lui en disant le moins possible.

– Il pourrait y avoir un rapport entre la mort de Collet et une affaire dont je m'occupe.

– Vous êtes détective privée, vous m'avez dit ?

Elle crut déceler une intonation amusée dans sa voix, un soupçon de condescendance.

– J'ai créé une agence, répliqua-t-elle vivement. Mes bureaux sont à Paris, dans le quartier de la Bourse. – Elle précisa pour bien lui faire comprendre qu'elle ne travaillait pas en amateur : Je viens de la police. Avant j'étais au SRPJ de Versailles avec le grade de capitaine.

– Vous n'avez pas l'air d'une policière, remarqua-t-il, surpris.

Ce fut au tour de Madeleine de s'amuser :

– Pourquoi ? Elles sont comment, les policières ?

– Celles que je rencontre me paraissent plutôt rudes, brutales.

– C'est l'entraînement qui veut ça. Elles suivent la même formation que les hommes, le maniement des armes, l'endurance, le règlement... C'est ce qui leur donne un côté militaire.

Le côté militaire, Madeleine ne l'avait jamais vraiment eu. Au SRPJ, ils avaient eu vite fait de ne plus l'envoyer sur le terrain. Ils préféraient l'employer pour les interrogatoires, où elle réussissait très bien, et pour la réflexion sur les enquêtes. Ses supérieurs lui avaient même conseillé à plusieurs reprises de passer les examens pour devenir commissaire. Mais Madeleine n'avait pas vraiment le profil pour faire toute sa carrière dans la police, elle aimait trop son indépendance, être maîtresse de son temps et de ses initiatives.

– Donc, dit le journaliste revenant à son sujet, vous pensez que le cadavre découvert récemment en forêt de Rambouillet a un lien avec votre affaire ?

– Ce n'est qu'une hypothèse. Ce qui m'a mis la puce à l'oreille quand j'ai lu votre article dans le *Messager*, c'est que Collet et la personne qu'on m'a chargée de retrouver ont disparu à peu près en même temps. Vous disiez dans votre article que le légiste avait situé la mort de Collet environ deux mois plus tôt, c'est-à-dire au début de juillet dernier. C'est justement à partir de ce moment là que la femme que je recherche n'a plus donné signe de vie. Et ce sont tous les deux des habitants de Grécourt. Deux personnes qui habitent la même ville et qui disparaissent au même moment, vous voyez ?

– C'est qui, la femme que vous recherchez ?

– Un membre d'une bonne famille de la commune.

Le reporter resta silencieux. Il attendait des précisions.

– Elle s'appelle Christine Delamare, lui concéda Madeleine. Sa famille est sans nouvelles depuis le 7 juillet.

– Delamare… Delamare… Effectivement, ce nom me dit quelque chose. J'ai dû entendre parler de cette histoire.

– Après avoir lu votre article, je suis allée faire un tour dans le quartier dont vous parliez, le quartier des Prairies. Et là, les voisins m'ont confirmé qu'ils n'avaient pas vu Collet depuis début juillet. Il avait disparu de la circulation si subitement qu'ils pensaient qu'il avait été arrêté et qu'il était en prison. – Mais vous, vous y êtes allé aussi aux Prairies ?

– Comment vous savez ça ?

– Quelqu'un m'a dit qu'un journaliste était passé. Vous vous intéressez à l'affaire ?

– Je vais vous dire, ce qui m'a intrigué quand la police a découvert le crime, c'est que le type assassiné n'avait pas de papiers sur lui. Il a fallu relever son ADN pour l'identifier. Les policiers ont conclu à un crime de clochard, un crime crapuleux ou une bagarre d'ivrognes, mais moi, qu'on ait retrouvé Collet sans aucun papier d'identité sur lui, ça m'a paru bizarre. Les SDF, d'habitude, ils trimballent leurs papiers partout, souvent enveloppés dans une poche en plastique pour les mettre à l'abri des intempéries, et ils y font très attention de manière à se trouver en règle quand ils sont contrôlés, ce qui leur arrive plus souvent qu'à leur tour. Si, comme le pense la police de Rambouillet, un clodo de passage, un inconnu, avait attaqué Collet pour le voler, lui piquer ses clopes ou l'argent qu'il avait sur lui, ou s'ils s'étaient battus et que la bagarre ait mal tourné, et bien qu'est-ce qu'il aurait fait, l'assassin ? Normalement, il aurait dissimulé le corps dans les broussailles et il se serait tiré en vitesse. Il aurait repris la route. Il ne se serait pas baladé avec les papiers de sa victime. Qu'est-ce que ça pouvait lui faire qu'on découvre l'identité de Collet ? Il ne le connaissait pas et il serait déjà loin.

— Vous y êtes allé, vous, sur la scène de crime ?

— Oui, aussitôt que j'ai été informé de l'affaire. Mais la police était déjà passée et ils avaient tout fouillé. Aucune chance de trouver quoi que ce soit. Pourquoi vous me demandez ça ? Vous avez envie d'y aller voir ?

— Je ne sais pas. Peut-être.

— Ça ne vous servira pas à grand-chose.

— Ils l'ont trouvé à quel endroit, le cadavre ?

Le reporter répondit par une question :

— C'est qui exactement cette Christine Delamare ?

— La bru d'Elisabeth Delamare, une dame fortunée du département. L'épouse de son fils cadet. Elle était conseillère municipale, lui concéda encore Madeleine (mais après tout elle ne lui apprenait rien qu'il ne puisse découvrir en consultant la page locale de Grécourt dans son propre journal). — Elle reprit : Alors, ils l'ont trouvé à quel endroit, Collet, exactement ?

— Vous connaissez la forêt de Rambouillet ?

— Un peu.

Le reporter sortit un stylo de sa poche et commença à dessiner sur la nappe en papier.

— En sortant de la nationale 10, vous vous engagez dans la départementale 937. Vous allez tomber sur un carrefour. Une fois là, vous prenez la 936, elle s'appelle la route de Saint-Léger, il y a un panneau, vous ne pouvez pas vous tromper. Ensuite vous continuez jusqu'au carrefour de la Pommeraie et vous prenez le chemin sur la droite. Vous le suivez jusqu'au premier croisement puis vous tournez à gauche. Encore une cinquantaine de mètres et vous y êtes.

– Ça n'a pas l'air facile…

– C'est plus facile que ça en l'air. On peut même y accéder en voiture. Par moments, ça brinqueballe un peu, mais ça passe. Moi, j'ai roulé jusqu'au bout avec la mienne. – Il arracha le morceau de nappe et le tendit à Madeleine : Quand j'y suis allé il y a quelques jours, il y avait encore la banderole de sécurité, elle y sera peut-être toujours. Enfin la police aura bien laissé une trace quelconque… Vous êtes du métier, vous n'aurez pas de mal à repérer l'endroit. – Il proposa d'un air engageant : Mais je peux vous accompagner si vous voulez ?

Manquerait plus que ça ! se dit Madeleine. Un reporter sur mes talons ! Qui s'empresserait, si elle découvrait quelque chose, d'aller tout raconter dans son journal ! Sûr qu'il ne se gênerait pas pour lui couper l'herbe sous le pied. Trop heureux !

Elle se récria :

– Non, merci, c'est très aimable à vous, mais ne vous dérangez surtout pas. D'ailleurs, je ne suis même pas sûre d'y aller. A quoi ça servirait, hein, puisque les policiers sont déjà passés et que vous-même vous n'avez rien trouvé…

Le repas achevé, son express avalé, Madeleine prit congé du journaliste et fonça droit sur Rambouillet.

Depuis la nationale 10, elle s'engagea sans difficulté dans la 937, puis prit la route de Saint-Léger et arriva sans peine au carrefour indiqué par le journaliste, mais une fois là, elle se trompa de chemin et tournicota dans le sous-bois pendant vingt bonnes minutes. C'était un jeudi, les enfants étaient à l'école, la plupart des adultes à leur travail et il n'y avait personne à qui elle aurait pu demander de l'aide. Plus elle avançait et plus elle avait le sentiment de s'enfoncer dans la forêt, de s'écarter des zones aménagées qu'affectionnaient les promeneurs.

A un moment, sans trop savoir comment, elle se retrouva au carrefour à partir duquel elle s'était fourvoyée et emprunta enfin la bonne route. Un peu plus loin, elle prit le premier chemin à gauche, roula quelques dizaines de mètres et finit par tomber sur l'endroit qu'elle cherchait. Aucun doute possible : les broussailles avaient été écartées, le sol lourdement piétiné par les policiers.

Elle descendit de voiture et suivit leurs traces jusqu'à un endroit où la terre avait été fraîchement retournée. La banderole de sécurité avait été enlevée, mais ici et là, accrochés aux branchages, pendouillaient de petits lambeaux jaunes.

C'était un coin sauvage, où les broussailles étaient épaisses et où les humains devaient s'aventurer rarement. Madeleine se demanda ce que Collet, qui n'était pas un SDF, qui avait un domicile aux Prairies, avait bien pu venir y faire. L'explication qui s'imposait était qu'il avait été tué ailleurs et qu'on l'avait transporté jusqu'ici.

Elle regarda autour d'elle : dans le silence du sous-bois, il n'y avait que de la végétation, très dense, bordée par un bouquet d'arbres entre lesquels elle aperçut un scintillement. Elle devina un plan d'eau, marcha dans cette direction en pestant contre les ronces qui lui griffaient les jambes et contre elle-même qui n'avait pas pris la précaution d'emporter des bottes.

En quelques minutes, elle parvint à un étang assez large dont la surface brillait sous les rayons du soleil encore haut. Elle regarda sa montre : il était quatre heures vingt.

Madeleine fit quelques pas indécis sur la rive, scrutant le bord vaseux encombré de hautes herbes. Soudain, un volume difficile à identifier attira son attention, peut-être un sac poubelle qui avait été jeté là et qui s'était à demi enfoncé dans la vase. Elle s'approcha, se pencha sur la chose et fit un bond en arrière, horrifiée.

Un mouchoir sur la bouche, surmontant son dégoût, elle revint sur ses pas et l'examina plus attentivement : c'était un corps humain, enfin ce qu'il en restait, une masse grisâtre et gonflée, informe, les membres en partie dévorés, par endroits jusqu'à l'os.

Epouvantée, elle courut se réfugier dans sa voiture et en verrouilla les portes. Son cœur cognait dans sa poitrine, elle transpirait. Elle s'essuya le front, les tempes, et attendit que les battements de son cœur aient repris leur rythme normal.

Son calme revenu, capable à nouveau de s'exprimer d'une voix posée, elle alluma son portable et forma le numéro du commissaire Benoist.

Chapitre 4

En observant la forme et le volume du sac en plastique que les policiers, le cou tendu et regardant ailleurs, venaient de poser sur sa table, le légiste de l'Institut médico-légal de Versailles – qui se trouvait être le même que celui qui avait examiné le cadavre de Franck Collet un peu moins de trois semaines plus tôt – s'attendit au pire. Il prit sur lui, commença à descendre la fermeture éclair mais ne put aller jusqu'au bout. Ecœuré, il s'écarta instinctivement. En trente ans de pratique, jamais on ne lui avait apporté une dépouille aussi répugnante. Après quelques inspirations profondes destinées à combattre la nausée qui l'assaillait comme un débutant, il revint à la table, tira d'un coup sec la fermeture et dégagea le corps de son sac.

Comme il l'avait su au premier regard, le cadavre était gonflé d'une manière saisissante. Sous l'effet des gaz de putréfaction, l'abdomen s'était dilaté jusqu'à atteindre le volume d'un gros ballon de gymnastique. La peau distendue avait pris une teinte verdâtre, sauf la tête et l'avant-bras gauche qui présentaient une couleur noirâtre, signe d'une accélération de la décomposition suggérant que, à la différence du reste du corps, demeuré immergé, ces parties avaient séjourné à l'air libre. Impression confirmée par les photos qui lui avaient été remises en même temps que la « livraison » par les techniciens de l'Identité judiciaire. C'était les gaz qui avaient fait remonter le corps à la surface et l'avait fait glisser jusqu'à la berge où il était resté accroché entre les hautes herbes. La partie de la tête restée à l'air, le tiers droit de la face, avait été rognée par les bestioles terrestres. Il n'y avait pas de courant dans l'étang, on pouvait donc en déduire que le cadavre avait séjourné sous l'eau non loin du bord.

Le corps était complètement nu, sans ecchymoses. A peine quelques traces d'éraflures, qui avaient pu se produire quand il était venu s'échouer sur la berge en se frottant contre la terre et les herbes coupantes. Néanmoins une noyade accidentelle était improbable. Aucune barque n'était visible sur les photos. Et qui aurait envie de se baigner dans une eau glauque et malpropre, au fond vaseux, encombrée d'une végétation plus ou moins pourrissante et peuplée d'une faune aquatique indéfinissable ? Les policiers qui avaient fait le tour de l'étang, un plan d'eau de cent mètres sur cinquante environ, n'avaient pas trouvé de vêtements sur sa rive.

Pour les mêmes raisons, le légiste écartait l'éventualité d'un suicide. Le plus probable était que la femme, il savait maintenant que la victime était du sexe féminin, avait été tuée avant son immersion. L'absence de lésions, de traces de lutte montrait qu'elle n'avait été ni torturée, ni frappée, qu'elle ne s'était même pas débattue. Peut-être avait-elle été assommée par derrière avant d'être méthodiquement étranglée ? Dans l'état où sa dépouille, les restes de ce qui avait été un jour un être humain, se présentait, impossible de savoir si elle avait été violée.

Le légiste eut vite fait de vérifier son hypothèse : le petit os au-dessus du larynx – il portait le nom délicat d'*os hyoïde* – était fracturé, preuve que la victime avait été froidement étranglée par les pognes puissantes d'un homme décidé à tuer. Elle avait ensuite été jetée à l'eau, après avoir été entièrement dénudée pour en retarder l'identification si par malchance quelqu'un la découvrait dans ce lieu isolé. On ne pouvait dire pour l'instant si elle avait été tuée sur place ou si elle y avait été transportée après coup.

Le corps n'avait pas séjourné dans l'eau plus de quatre ou cinq mois. L'analyse génétique serait bientôt faite, mais on n'en serait pas plus avancé si l'ADN de la victime n'était pas répertorié dans le Fichier central. Le plus sûr, estima le légiste, serait de faire procéder à l'identification de sa mâchoire par un spécialiste. En attendant, afin d'accélérer le processus, il prendrait quelques photos de sa denture. Une fois diffusée chez les dentistes de la région, il y avait de grandes chances pour que l'un d'eux la reconnaisse et révèle à la police le nom de sa propriétaire.

Un masque chirurgical solidement attaché sur son visage, le légiste se décida à attaquer la partie la plus rebutante de son travail, résigné à l'odeur pestilentielle qui envahirait son labo quand, d'un coup de bistouri décisif, il ouvrirait l'abdomen.

Le vendredi 20 septembre, c'est-à-dire trois jours après la découverte du cadavre de l'étang de Rambouillet, contrarié de ne pouvoir se rendre comme chaque matin à son cabinet et d'avoir dû déplacer des rendez-vous, Jérôme Allard prit la direction de Versailles. Il était convoqué à onze heures trente par le capitaine de la Police judiciaire François Rouvier. Etant donné la gravité et la complexité de l'affaire, la notoriété dans le département de la famille en cause et le retentissement que l'histoire n'allait pas manquer d'avoir – qu'elle avait déjà – dans les medias, la gendarmerie de Grécourt avait été dessaisie de l'enquête concernant Christine Delamare au profit du SRPJ de Versailles.

D'un coup d'œil, le capitaine Rouvier jaugea l'homme qui pénétrait dans son bureau : avec une stature imposante, un mètre quatre-vingt-cinq environ, frôlant les cent kilos, Jérôme Allard avait l'aspect solide et rassurant qu'on attend d'un chirurgien-dentiste.

– Bonjour, Docteur. Merci d'être venu jusqu'ici. Asseyez-vous, je vous prie.

Allard prit le siège étroit qu'on lui indiquait, se cala le mieux qu'il put contre le dossier et croisa avec désinvolture ses grandes jambes.

Didier Benoist était présent. C'est lui-même qui, après en avoir été informé par Madeleine, avait signalé la découverte du corps à ses collègues du SRPJ, lui encore qui leur avait dit qu'il pourrait être celui d'une habitante de la commune de Grécourt portée disparue depuis bientôt trois mois.

– Vous connaissez le commissaire Benoist ?

– Bien sûr, dit Allard en saluant le policier d'un signe, Monsieur Didier Benoist est notre nouveau commissaire.

– Bon. Je suppose que votre temps est précieux, tout comme le nôtre. Je n'irai donc pas par quatre chemins. Nous vous avons convoqué parce nous pensons que le corps découvert dans l'étang de Rambouillet – vous en avez sans doute entendu parler – pourrait être celui de votre belle-sœur, Christine Delamare. Et nous avons appris que c'est vous qui soigniez ses dents.

– Naturellement. Je suis le dentiste de toute ma famille.

– Nous avons ici quelques photos de sa mâchoire. – Il lui tendit les trois photographies prises par le médecin-légiste ainsi qu'une feuille portant une description succincte écrite à la main. – Regardez-les bien, s'il vous plaît, et dites-nous si ce sont les dents de votre belle-sœur.

Allard étudia un instant les photos, lu rapidement leur description, puis déclara :

– Hélas, il me semble bien que oui. Je crois reconnaître la denture de Christine. Ces photos et leur commentaire concordent avec mon souvenir. Ma belle-sœur n'avait que trente-et-un ans, sa denture était saine. Elle ne venait qu'une fois par an au cabinet pour un nettoyage et je n'avais pas de soins particuliers à lui faire. Cependant, pour des raisons esthétiques, je lui avais posé six couronnes au maxillaire supérieur, sur les incisives et sur les canines. Il est bien fait mention de ces couronnes sur votre document. C'est une intervention classique, de nombreuses femmes y ont recours, enfin celles qui en ont les moyens, et je ne pourrais pas l'affirmer avant d'avoir consulté son dossier, comparé ses radios avec vos photos, mais j'ai bien peur que ce maxillaire ne soit celui de ma belle-sœur.

Malgré son ton objectif et son élocution maîtrisée, on percevait une fêlure dans sa voix. Jérôme Allard avait pâli, décroisé ses jambes. Les photos tremblaient légèrement entre ses doigts. Peur d'un coupable qui voit son forfait découvert ou émotion naturelle de quelqu'un qui apprend la fin tragique d'un proche ? Quoi qu'il en soit, dès cet instant, les deux policiers se mirent à l'observer très attentivement.

– … Pardonnez-moi, capitaine, ça fait tout de même un choc.

– C'est bien compréhensible.

– En effet, comme tout le monde, j'ai appris par la presse qu'on avait découvert un corps de femme dans un étang de Rambouillet, mais je n'avais pas pensé une seconde qu'il pouvait s'agir de Christine. En ce qui me concerne, pour dire la vérité, la disparition de ma belle-sœur ne m'avait pas inquiété plus que ça. J'ai toujours cru qu'elle était partie de son plein gré, qu'elle nous avait purement et simplement laissés tomber.

– Et qu'est-ce qui vous faisait croire ça ? Elle ne s'entendait pas avec votre famille ?

– En apparence, si. Tout semblait normal. Mais Christine était une personne … insaisissable. Comment savoir ce qui se passait dans sa tête.

– Vous étiez au courant d'un différend qu'elle aurait pu avoir avec votre frère ?

– Aucunement. Je n'était pas dans leur intimité. Cela dit, je n'ai jamais remarqué de signes de mésentente entre eux.

– Et vous-même, vous étiez en bons termes avec elle ?

– Ça allait.

– Elle a été décrite par plusieurs personnes comme une femme ambitieuse.

– Exact, Christine était ambitieuse. Et pourquoi pas ?

– Voire arriviste…

– Oh, les gens ont vite fait de vous taxer d'arrivisme. Dès que quelqu'un réussit mieux qu'un autre, ça fait des envieux. Ça suscite des jalousies.

– Egoïste…

– Je ne sais pas. Pas plus que n'importe qui. Christine devait avoir les défauts de ses qualités. Malgré sa jeunesse et ses origines modestes, c'était une femme de caractère, volontaire et persévérante. Pas spécialement jolie, mais loin d'être sotte.

– Vous paraissez l'avoir bien connue, remarqua benoîtement le capitaine.

Allard tiqua :

– Suffisamment. Nous déjeunions en famille tous les dimanches.

– Vous n'avez jamais eu de relations, euh… plus personnelles avec elle ?

– Qu'est-ce que vous voulez dire ?

Le capitaine s'agita un peu sur son siège. L'homme qu'il avait devant lui n'était pas n'importe qui. On n'interrogeait pas un dentiste honorablement connu, membre d'une famille en vue, comme un citoyen ordinaire. Il poursuivit néanmoins :

– Je pense à des relations plus… intimes.

– Je ne vous permets pas ! s'écria Allard, outré. – Mais il se reprit, poursuivit sur un ton plus calme : Comment pouvez-vous imaginer… L'épouse de mon propre frère !

On en aurait vu d'autres, se dit le capitaine. L'expérience rend les policiers soupçonneux, c'est vrai, mais son hypothèse était plausible : Une aventure, voire une liaison avec sa belle-sœur, puis celle-ci qui, pour une raison quelconque, menace de tout révéler à l'épouse légitime, avec en perspective un scandale gravement dommageable pour la réputation de son cabinet… – Bref, un chantage insupportable dont il faut bien se libérer d'une manière ou d'une autre…

– Je suis marié, j'ai deux jeunes enfants, une épouse ravissante, et je suis parfaitement heureux en ménage, l'informa le docteur. Je n'ai aucune raison d'aller voir ailleurs.

– Tant mieux pour vous.

Allard éternua un petit rire :

– Avec mes obligations professionnelles, je n'en aurais même pas le temps.

– Je veux bien vous croire, convint le capitaine. Mais nous sommes maintenant à peu près sûrs, et ça devrait être confirmé par son empreinte génétique, que votre belle-sœur ne s'est pas enfuie comme vous le supposiez mais qu'elle a été assassinée. Vous lui connaissiez des ennemis ?

– Des ennemis ? Quel genre d'ennemis ? Des gens capables de tuer, des criminels, vous voulez dire ? Non, nous n'avons pas ça dans nos relations... du moins pas à ma connaissance. Si ma pauvre belle-sœur a réellement été assassinée, le plus probable est qu'elle a fait une mauvaise rencontre, ce dimanche-là, pendant son jogging à Virelonde. Elle a très bien pu être attaquée par un vagabond, un rôdeur...

– Votre belle-sœur est attaquée dans le bois de Virelonde par un vagabond, un type de passage, et il prend la peine de la déplacer jusqu'à Rambouillet ? Ce sont les vagabonds qui se déplacent, d'habitude. Il lui suffisait de prendre le large.

– Christine avait peut-être changé d'avis et elle était allée courir à Rambouillet... Que voulez-vous que je vous dise ? Je n'en sais pas plus que vous.

Pan ! Une pierre dans le jardin de la police.

– Si votre belle-sœur avait été agressée pendant son jogging, répliqua sèchement le capitaine, elle se serait débattue. Le rapport d'autopsie souligne l'absence de lésions, de traces de lutte.

Le docteur eut une moue sceptique :

– Sur un cadavre ayant séjourné dans l'eau quelques mois...

– Il aurait gardé des marques décelables par un professionnel.

– Qu'est-ce que je peux en savoir, moi, s'exclama le docteur Allard en écartant ses bras en signe d'impuissance, je ne suis pas légiste ! Maintenant, si vous permettez, mon cabinet ouvre à quinze heures et je n'ai même pas eu le temps de déjeuner... – Il glissa les photos dans sa serviette : Je compare ça avec les radios de Christine dès mon arrivée.

A regret, le capitaine Rouvier dut le laisser partir, maugréant contre ces intouchables, ces membres de la bonne société avec lesquels on était obligé de prendre des gants. Un citoyen ordinaire, il l'aurait gardé quelques heures, l'aurait cuisiné jusqu'à lui faire cracher tout ce qu'il savait. A la rigueur, s'il se montrait coopératif, on lui aurait fait monter un sandwich. Mais un Docteur Allard s'en allait quand il voulait, on le remerciait de s'être déplacé, on le raccompagnait jusqu'à la porte. Tout juste si on ne s'excusait pas pour le dérangement... « Ces bourgeois... Merde... », pensa-t-il tout haut.

– Sans indice ni mobile, c'était difficile de le garder, remarqua le commissaire Benoist devinant ce qui contrariait son collègue.

– Il doit pourtant avoir des choses à raconter, ce bonhomme.

– Vous croyez qu'il pourrait être impliqué dans l'affaire ?

– Il pourrait savoir quelque chose ou avoir des soupçons sur quelqu'un. Mais voilà, il s'est tiré. On ne peut pas travailler sérieusement dans ces conditions-là. Ça ne fait rien, il ne perd rien pour attendre. Vous les connaissez, vous, ces gens ? Cette famille ?

– Très peu. Depuis ma nomination à Grécourt, je les ai aperçus deux ou trois fois dans des réceptions municipales. Et j'ai reçu Philippe Delamare dans mon bureau quand il est venu avec sa mère signaler la disparition de sa femme. Il m'a téléphoné de lui-même avant-hier après avoir appris qu'on avait découvert un corps de femme dans l'étang.

– Il pensait que c'était celui de son épouse ?

– C'est l'impression que j'ai eue. Il m'a paru troublé mais il n'avait pas l'air particulièrement surpris.

– Ce qui voudrait dire qu'à la différence du beau-frère le mari n'a jamais cru que sa femme avait fugué.

– Il m'a semblé que non. Mais ce n'est pas un type démonstratif. Il est d'un abord plutôt froid. J'ai profité de son appel pour lui demander qui était le dentiste de sa femme.

– Bonne initiative, ça nous a fait gagner du temps. A mon avis, Allard a reconnu les dents de la victime. Il ne va pas tarder à nous le confirmer. Le mari, Philippe Delamare, je l'ai convoqué pour demain. Il est comment, il ressemble à son frère ?

– Physiquement, pas du tout. Il est plus petit et plus mince. Ce n'est que son demi-frère.

– Qu'est-ce qu'il fait ?

– C'est un publicitaire. Il dirige une agence à Paris, dont il est l'un des patrons. Ils sont deux associés si mes renseignements sont exacts. Il a déjà été interrogé par les gendarmes de Grécourt quand ils ont ouvert leur enquête. Mais ça n'a pas dû aller bien loin.

– Au SRPJ, ça va être autre chose. N'oublions pas que c'est le mari de la victime, c'est-à-dire le suspect n°1. – Pas encore consolé du premier témoin qui venait de lui filer entre les doigts, remâchant sa rancune, il promit : Et celui-là va avoir droit à un interrogatoire carabiné.

– Il y a une sœur aussi, elle se prénomme Cynthia. Elle travaille à Paris dans un Ministère. Et leur mère à tous les trois, Elisabeth Delamare, une veuve fortunée.

– Et bien nous les interrogerons tous, l'un après l'autre ! Et leurs voisins, leur relations, leur domestiques... Ça prendra le temps qu'il faudra. C'est terrible ce qui est arrivé à cette malheureuse jeune femme. Une mort atroce. Il s'agit vraiment d'une horrible affaire. Et j'ai bien l'intention de la résoudre. Il ne faudrait pas que tout ce beau monde se croie au-dessus des lois.

141

Madeleine Raynal avait rempli son contrat. Elle avait retrouvé la personne disparue et Philippe Delamare, son client, lui avait envoyé son chèque d'honoraires. Mais maintenant que l'enquête avait été prise en mains par Versailles, elle n'en savait pas plus que n'importe quel lecteur de journaux, pas plus que les millions de spectateurs rivés à leur écran de télé à l'heure des infos.

Enfin, à peine plus : juste ce que Didier Benoist consentait de temps en temps à lui communiquer. Lui-même n'avait ses entrées au SRPJ qu'en raison des services qu'il pouvait rendre en sa qualité de commissaire de la commune d'où était originaire la victime. Madeleine avait bien tenté de parler à Rouvier, l'officier de police en charge de l'affaire, mais elle avait été reçue en coup de vent. Elle qui, grâce à son flair et à sa capacité de raisonnement, avait conduit les polices du département jusqu'au cadavre de Christine Delamare, on la traitait comme une simple promeneuse qui serait tombée sur le corps par hasard. Bonjour Madame, merci Madame, vous nous avez rendu service, nous vous en sommes reconnaissants, mais à présent il va falloir nous laisser travailler.

François Rouvier avait été nommé au SRPJ bien après le départ de Madeleine. A ses yeux, elle avait beau être une ancienne du Service, elle ne faisait plus partie de la Maison. Et puis c'était une enquête qui allait faire du bruit, les médias s'en feraient l'écho pendant plusieurs jours, voire plusieurs semaines. Le capitaine Rouvier n'avait pas envie d'en partager les mérites avec qui que ce soit.

En arrivant chez elle ce soir-là, Madeleine fut accueillie par une engueulade. Il était près de onze heures. Retenue au bureau par une nouvelle affaire, assez complexe, elle rentrait nettement plus tard que d'habitude. Baba, son chat persan, ayant entendu la clé dans la serrure, se portait à sa rencontre à grands pas furieux. Au lieu de se couler et de faire des huit entre ses jambes pour l'accueillir et lui manifester sa joie, il s'arrêta pile devant elle en miaulant à faire trembler les murs. « Mais me voilà, je suis là », se défendit Madeleine en se penchant pour le caresser.

Elle alla voir dans la cuisine. Le plat du chat était vide, quelques reliefs de pâtée encore fraîche en maculait les bords. Baba avait déjà dîné. Une étudiante qui habitait un studio au dernier étage de l'immeuble venait s'occuper de son repas presque tous les soirs. Preuve qu'il était rassasié, au lieu de s'attarder dans la cuisine, il se dirigea d'autorité vers le séjour et sauta sur le canapé à sa place habituelle.

Madeleine le rejoignit, le prit sur ses genoux et se mit à lui parler doucement, comme une personne qui a quelque chose à se faire pardonner. Elle se sentait vaguement coupable. En semaine, Baba restait seul toute la journée. Elle n'était pas suffisamment présente, raison pour laquelle, malgré sa propre solitude, elle s'était jusque-là interdit de prendre un animal de compagnie.

Ce qui s'était passé, c'est que c'était Madeleine qui avait été adoptée par le chat. Son appartement se trouvait au rez-de-chaussée, au fond d'une cour plantée d'arbres et, un soir en rentrant du bureau, elle l'avait trouvé sur le pas de sa porte. Les regards qu'il lui avait jetés, les grâces qu'il lui avait faites ! Irrésistibles ! Il se savait beau, l'animal, il se savait séduisant, avec son épaisse fourrure chocolat et ses yeux bruns et profonds. Et comme il savait s'en servir pour se faire comprendre : « *S'teu plaît, laisse-moi entrer... regarde comme je suis malheureux, un pauvre chat abandonné... S'teu plaît...Tu as l'air gentille, toi, tu ne vas pas me laisser dehors par ce froid...* » ! L'intelligence, la compréhension des humains qu'il avait ! Et son air de voyou tendre et roublard ! Totalement craquant !

Cette première fois, elle s'était contentée de lui apporter de la nourriture. Mais comme il revenait tous les jours, qu'elle le trouvait à sa porte quelle que soit l'heure à laquelle elle rentrait, même dans la nuit noire, elle avait fini par céder. Un fauteuil de cuir du salon gardait encore les marques de son exultation le jour où elle l'avait accueilli chez elle.

Parce que c'était un chat persan, un chat oriental, elle l'avait appelé Baba. Quelqu'un lui avait appris plus tard que « baba » voulait dire papa, ou si l'on veut, en un sens, « Monsieur » en persan. Et « Monsieur » allait comme un gant à ce félin plein de d'autorité et de dignité, conscient d'être le seul mâle de la maison.

A part Madeleine, il connaissait l'étudiante qui préparait son repas. Et aussi la dame qui faisait le ménage dans l'appartement deux fois par semaine. Les humains du genre masculin qui venaient dormir là, heureusement très rarement, s'en allaient le lendemain matin et ne faisaient donc pas partie de la tribu. En tant qu'unique mâle parmi trois femmes, Baba en était le chef incontesté.

Etre le chef implique des responsabilités : il veillait sur la maisonnée, mais il veillait avant tout sur Madeleine. Chaque soir, il restait près d'elle jusqu'à ce qu'elle aille se coucher, et quand il la savait au lit – en somme, quand elle avait regagné son panier –, il traversait la chatière qu'elle avait fait percer dans la porte d'entrée et s'en allait vivre sa vie.

Elle n'avait jamais su comment il était arrivé là. Il ne portait pas de collier. Et jamais personne ne l'avait réclamé. Il n'y avait pas eu d'affichette collées chez les commerçants du quartier ou sur les troncs d'arbres. Peut-être avait-il été abandonné, semé dans le square qui se trouvait en face de chez elle, de l'autre côté de la rue, par des gens qui ne pouvaient plus s'en occuper et espéraient qu'un si beau chat, un chat si malin, saurait trouver tout seul un autre maître. Et c'est exactement ce qu'il avait fait.

Baba consolé, se sachant pardonnée, Madeleine alla s'installer devant son ordinateur. Elle avait un message de son fils, accompagné de photos en pièces jointes. Il lui confirmait son prochain retour en France et lui envoyait des images du parc national de Kibale, et aussi quelques-unes de lui avec ses amis « humanitaires ». En contemplant ces photos, elle était gonflée de fierté. Ce jeune type bronzé dans sa chemisette de baroudeur à épaulettes, aux joues creusées, aux yeux fiévreux et passionnés, parti avec une ONG soigner et vacciner des enfants ougandais, c'était son fils.

Pourtant, Guillaume n'était pas né sous les meilleurs auspices. Conçu par hasard, il était arrivé au mauvais moment, alors que le mariage de Madeleine battait de l'aile. Au lieu de ressouder les liens, le bébé n'avait fait qu'aggraver les désaccords entre elle et son mari.

Yves était professeur d'histoire au lycée Jules Ferry de Versailles. C'était un homme casanier qui menait une vie régulière et ne se plaisait que dans les livres. Madeleine, c'était tout le contraire : elle aimait le mouvement, le changement, l'action. Jeune lieutenant passionnée par son métier, elle débutait dans la police et elle avait à faire ses preuves.

On dit que les contraires s'attirent. En tous cas, ça s'était vérifié pour eux deux. Invités à l'anniversaire d'une copine, ils s'étaient plu au premier regard. Un vrai coup de foudre. Très amoureux, ils avaient cru que leur amour triompherait des obstacles, des difficultés de la vie quotidienne. Mais leur style de vie était trop différent. Yves s'était lassé de se retrouver seul plusieurs soirs par semaine, et bientôt de faire la nounou, de donner le biberon, de préparer le dîner pour une épouse qui rentrait chez elle à n'importe quelle heure, qu'on appelait au milieu du repas et qui reposait sur le champ sa fourchette, bouclait son ceinturon et disparaissait parfois jusqu'au milieu de la nuit. Il y avait eu des disputes, des larmes, de l'impatience et de l'incompréhension de part et d'autre.

C'est Yves qui avait parlé de divorce le premier. Sur le moment Madeleine avait souffert et elle lui en avait voulu, mais le temps avait cicatrisé la blessure. Elle avait fini par comprendre que, sans le vouloir, elle avait rendu son mari malheureux et elle lui avait pardonné. Et puis ce qui était apparu à l'époque comme une erreur, un formidable gâchis, avait produit ce qu'il y avait de meilleur dans sa vie : Guillaume, son fils chéri. Son grand garçon, travailleur, courageux, soucieux des autres. Sa plus belle réussite.

Elle ne s'était jamais remariée. Pendant la quinzaine d'années qui avait suivi son divorce, elle avait reçu deux propositions sérieuses, mais n'avait pas donné suite. Elle se contentait de relations épisodiques, plutôt espacées. Mais c'était encore une jolie femme, et elle était désormais sa propre patronne, maîtresse de ses horaires, nettement plus disponible qu'à l'époque où elle était dans la police. Il n'était pas dit qu'elle ne se remarierait pas un jour.

Se sentant nerveuse, elle se prépara une verveine et se mit au lit. Baba passa la tête dans l'entrebâillement de la porte puis, la voyant couchée, de son pas silencieux et musclé partit l'esprit tranquille à ses occupations nocturnes.

Madeleine éteignit la lumière. Les couvertures remontées jusqu'au menton, parce qu'après une fin septembre presque estivale un traître petit froid était tombé d'un seul coup, elle resta longtemps éveillée, les yeux grands ouverts dans l'obscurité. Chaque soir, inévitablement, Christine Delamare revenait dans ses pensées. Bien qu'en principe l'enquête ne la concernât plus, Madeleine n'arrivait pas à chasser l'affaire de sa tête.

On était le mardi 8 octobre, trois semaines s'étaient écoulées depuis qu'elle avait découvert le corps et il n'y avait plus un mot à ce sujet dans la presse. Quoique tenue à l'écart, Madeleine était assez expérimentée pour savoir que si les enquêteurs du SRPJ avait eu un suspect, en admettant même que, pour ne pas gêner leurs recherches, ils aient jugé préférable de taire son nom et ce qu'ils avaient découvert, ils auraient au moins fait savoir qu'ils étaient sur une piste et fourni aux médias quelques indications vagues. Mais là, rien. Silence radio. Conclusion : la police piétinait.

Récapitulant ce qu'elle-même savait sur l'affaire, Madeleine se rappela que Delphine Allard lui avait dit que, le jour de la disparition de sa belle-sœur, ce fameux dimanche de juillet, elle-même était allée conduire ses enfants chez sa mère et qu'elle était restée auprès d'eux jusqu'au mardi suivant. Son mari, Jérôme Allard, s'était donc trouvé – en dehors des heures qu'il passait à son cabinet – libre de son temps et de ses mouvements pendant ces deux jours.

Plus important, il y avait le fait que, comme elle l'avait appris du commissaire Benoist, Christine avait été étranglée, l'os au-dessus du larynx fracturé, sans autres traces de violence. Façon méthodique de procéder qui lui faisait penser que ce n'était pas le crime d'un fou, ou d'un citoyen normal qui aurait momentanément perdu la tête, mais plutôt un assassinat prémédité, et donc possiblement commandité.

Au risque de se faire passer un savon par le SRPJ s'il l'apprenait, elle se promit de retourner voir Delphine Allard pour son propre compte et, sa décision prise, trouva enfin le sommeil.

Madeleine avait vu juste. Depuis qu'il avait repris l'enquête, le capitaine Rouvier n'avait pas avancé d'un pouce. Trois semaines d'interrogatoires et d'investigations s'étaient écoulées sans résultat tangible.

Aussitôt après la visite du docteur Allard, le capitaine avait convoqué Philippe Delamare. Le SRPJ venait de recevoir l'analyse ADN de la victime et la confirmation (après rapprochement avec l'un de ses objets personnels) que le corps retrouvé dans l'étang était bien celui de son épouse.

Autant dire que ce premier témoin, le suspect n°1, avait été sérieusement cuisiné. Après trois heures d'interrogatoire, il avait été placé en garde à vue, où il avait été retenu trente-sept heures, dont une nuit entière. S'il s'était dit bouleversé, désolé pour sa femme de sa fin tragique, l'impression du capitaine Rouvier et des policiers présents pendant l'interrogatoire était qu'elle ne semblait pas lui manquer beaucoup. Il avait nié avoir rencontré Franck Collet et juré qu'il ne s'était jamais, absolument jamais occupé de récupérer les loyers de sa mère.

Pendant la durée de sa garde à vue, une perquisition avait été effectuée à son domicile, sans résultat. Par ailleurs, en voyage au Brésil le jour de la disparition de son épouse, il disposait d'un alibi irréfutable. Bien sûr, il aurait pu engager un tueur avant son départ, profiter de ce voyage planifié depuis longtemps pour la faire assassiner, encore fallait-il le prouver. Sans perdre son calme, sans se démonter un instant, Delamare avait nié jusqu'au bout être pour quelque chose dans la mort de sa femme. Au final, il n'y avait rien à retenir contre lui, sinon qu'il était le mari de la victime, ce qui faisait quand même un peu court.

On avait fait revenir le docteur Allard. On avait appris entre temps que Delphine Allard s'étant absentée du dimanche soir au mardi pour conduire ses enfants en

Normandie, il n'avait donc pas d'alibi pour la nuit du dimanche au lundi, ni pour celle du lundi au mardi, c'est-à-dire pour les deux nuits qui avaient suivi la disparition de sa belle-sœur. D'autre part, en raison de la façon froide, « professionnelle » dont celle-ci avait été assassinée, Rouvier en était arrivé – tout comme Madeleine – à la conclusion que le crime avait été commandité.

Aussi bien que son frère, le docteur aurait pu engager un tueur, il en avait largement les moyens, mais pourquoi aurait-il voulu se débarrasser de sa belle-sœur, pour quel motif ? Rien n'avait confirmé l'hypothèse d'une liaison : Allard et Christine ne se voyaient pas en dehors du cercle familial, personne ne les avait jamais ne serait-ce qu'aperçus seuls ensemble, et l'assistante du docteur avait témoigné que Madame Delamare ne venait au cabinet qu'une fois par an, et qu'elle-même était la plupart du temps présente pendant les soins. A défaut de mobile, après six heures d'interrogatoire, le capitaine avait dû laisser repartir le beau-frère.

Ils avaient ensuite convoqué son épouse. La malheureuse jeune femme tombait des nues. La dernière chose qu'aurait pu imaginer cette fille de notaire fortunée, mariée à un dentiste réputé, c'était d'être un jour interrogée dans une affaire d'assassinat ! Les enquêteurs n'avaient pu en tirer que des protestations et des dénégations incohérentes. En prime, ils avaient eu droit à une crise de larmes.

Ils avaient procédé à une perquiz dans la villa des Allard. Les flics commençaient à s'impatienter et, sans égards désormais pour la position sociale du maître des lieux, avec une détermination et une brutalité inouïes, ils avaient retourné la maison de fond en comble. Après les avoir suivis un moment en tentant de les modérer, Delphine avait renoncé et, totalement dépassée, elle était revenue s'asseoir près de son mari, sur le grand canapé du salon, où ils s'étaient tenus cois pendant les quatre heures qu'avait duré la perquisition.

Avant de partir, les policiers s'en étaient pris aux deux voitures du couple. Ils les avaient fait sortir du garage et, sous les yeux effarés de leurs propriétaires, avec une célérité phénoménale, ils avaient démonté les roues, déménagé les sièges, dévissé les planchers, démantibulé les tableaux de bord, arraché les revêtements du plafond, puis ils avaient décampé en laissant tout en plan, les pièces qui composaient ce qui était encore une heure avant deux belles voitures, un cabriolet Lancia et une BMW Série 6, éparpillées au milieu de la cour. Mais, ce jour-là encore, les enquêteurs étaient repartis bredouilles.

Rouvier en personne, accompagné d'un lieutenant, avait pris la peine de se déplacer jusqu'à Saint-Servin pour rencontrer Elisabeth Delamare, la mère, le vrai chef de famille depuis que son époux était mort. Il avait eu du mal à garder son sang-froid. Bon Dieu, l'arrogance de cette femme ! Sa posture hautaine, son menton rengorgé, sa bouche méprisante ! Et ses « Ah bon ? Ah tiens ? » de vieille douairière ! Elle n'avait pas accordé un regard au lieutenant et s'était adressée au capitaine avec une politesse condescendante comme si elle parlait à son jardinier. S'il avait eu le moindre élément contre elle, Rouvier l'aurait embarquée avec plaisir.

La mort de sa bru n'avait pas l'air de la défriser beaucoup. Décidément, Christine Lavergne, épouse Delamare, ne semblait pas avoir été très appréciée dans cette famille. « Pas étonnant qu'il lui soit arrivé malheur, avait conclu durement sa belle-mère, cette pauvre fille avait visé trop haut. »

Cynthia, la sœur de Philippe, était là. Se doutant bien qu'elle serait entendue un jour ou l'autre, elle avait pris les devants. Elle préférait être interrogée en présence de sa mère qui viendrait à sa rescousse si le besoin s'en faisait sentir. Son amie Nadine assistait également à l'entretien. Rouvier avait eu l'impression de se trouver devant un couple, un petit ménage. Mais après tout c'était leur affaire. D'ailleurs, elles lui avaient fait l'effet de gentilles jeunes femmes. Employées toutes les deux au Quai d'Orsay, elles étaient rompues au langage diplomatique, pour ne pas dire à la langue de bois. Au total, le bilan était mince. Rouvier n'avait récolté que des banalités. Du temps perdu.

Rosa et Marthe, les deux domestiques, avaient été convoquées au bureau et interrogées à leur tour. De Rosa, la bonne de Christine, on n'avait rien pu tirer, à part son histoire de jogging qu'elle répétait comme un *leitmotiv* : « *Tout ce que je sais, c'est que Madame Christine avait mis son jogging vert... Le jogging vert était plus dans l'armoire, ça c'est sûr, il était plus dans la pile avec les autres jogging... C'est ce que je vous dis, ma patronne portait son jogging vert...* ». L'autre, l'employée d'Elisabeth, était restée muette comme une carpe, le front buté, se contentant de hocher la tête affirmativement ou négativement en réponse aux questions des policiers.

Ils avaient vu les anciens collègues de Christine, le Conseil municipal de Grécourt au complet, Monsieur le maire inclus. Le benjamin de l'assemblée, le jeune Arthur Godineau paraissait terrorisé. A peine assis face à Rouvier, sans lui laisser le temps d'en placer une, il avait juré ses grands dieux qu'il n'avait jamais été l'amant de Christine Delamare, juste son collègue au Conseil, qu'il lui arrivait de lui rendre service et que le jour où il avait été aperçu en avec elle dans sa voiture c'était parce que la Mini était en panne et que Madame Delamare lui avait demandé de la raccompagner jusqu'à sa porte. Il n'avait jamais mis les pieds chez elle, ni elle chez lui.

En réalité, les conseillers connaissaient très peu la famille. Ceux d'entre eux qui avaient bien voulu s'exprimer n'avaient rapporté que des racontars.

N'oubliant pas que les corps de Collet et de Christine avaient été retrouvés dans le même coin du bois, à quelques dizaines de mètres de distance, et espérant qu'avant sa mort il se serait confié à un copain ou que quelqu'un aurait appris quelque chose par hasard, les policiers s'étaient intéressés à l'entourage de Frankie. On avait interrogé une foule de gens. Fernand, le patron du Lucky, sa femme de ménage, les habitués du café, plusieurs habitants de la rue du Marché, en particulier ceux du 14, les voisins de Collet, et jusqu'aux rares commerçants qui végétaient encore dans le vieux quartier. Trois bureaux du SRPJ avaient été occupés à cette seule tâche pendant deux jours.

Mariette, la femme de ménage du Lucky, longuement entendue, avait maintenu avec énergie ce qu'elle avait déclaré à la détective, à savoir qu'à la fin du mois de juin elle avait vu Frankie en conversation à l'entrée du parking des Prairies avec un inconnu bien vêtu.

Tout comme son frère, le docteur Allard avait nié mordicus avoir jamais parlé avec Franck Collet. Il ignorait jusqu'à son existence. D'ailleurs ni lui, ni Philippe ne mettaient les pieds dans le vieux quartier des Prairies. Ils n'avaient rien à y faire puisqu'un gestionnaire s'occupait des affaires de leur mère et, en particulier, se chargeait de collecter ses loyers et de battre le rappel des paiements en retard. Le gestionnaire en question ne s'était pas rendu aux Prairies le samedi 29 juin : ce jour là, il avait passé la matinée chez un client, lequel après avoir consulté son agenda, avait confirmé ses dires.

Les policiers n'avaient rien négligé. Ils avaient ratissé large, pris tout le temps qu'il fallait. Mais l'énigme de la forêt de Rambouillet demeurait entière.

Tout en réfléchissant, Rouvier s'était emparé d'une feuille blanche et d'un crayon. Il dessina trois gros points disposés en triangle, représentant Christine, Franck Collet et la famille Delamare. Il avait le sentiment que s'il parvenait à établir (en dehors du fait qu'il était le locataire de la mère) un lien entre Collet et la famille (d'un trait, le capitaine joignit les deux points) ou entre Christine et Collet (autre trait), il aurait la solution de l'énigme. Il tira un troisième trait pour fermer le triangle. Tout son problème était résumé là, dans ce simple schéma.

Il lui restait encore une carte à jouer : une procédure d'identification, autrement dit le « tapissage » des deux frères par la femme de ménage du Lucky, en espérant qu'elle reconnaîtrait dans l'un des deux l'homme qu'elle avait aperçu en compagnie de Collet le samedi 29 juin, huit jours exactement avant la disparition de leur épouse et belle-sœur.

La veille de l'identification, fixée le 11 octobre au début de l'après-midi, Mariette ayant beaucoup insisté sur le fait que l'homme du parking était élégant, vêtu comme un bourgeois, quatre gars du bureau furent priés de laisser leur blouson et leur jean au vestiaire et de se présenter le lendemain rasés de près et dans leur meilleur costume.

Le lendemain matin, les quatre flics se pointèrent, méconnaissables, engoncés dans un costume qu'ils devaient mettre au maximum une fois par an, accueillis par les rires et les plaisanteries de leurs collègues. « Hé, Marcel, tu te maries à quelle heure ?... Alors, Paulo, pépé t'a prêté son costard ?... Oh, Gégé, oublie pas de me filer l'adresse de ton tailleur... ». Ce genre de blagues. Il faut reconnaître que pour l'élégance, ils avaient des progrès à faire. On voyait que ce qu'ils se mettaient sur le dos n'était pas leur souci numéro un.

Philippe Delamare et Jérôme Allard arrivèrent à 15 heures, surpris d'avoir été convoqués en même temps, sans qu'on ait seulement pris la peine de leur dire pourquoi. Poussés sans ménagement dans une pièce vide et alignés avec quatre flics endimanchés, ils eurent vite fait de comprendre. On leur remit à chacun un carton portant un numéro. Le mari de la victime avait le numéro deux ; le numéro cinq était attribué au beau-frère.

Le capitaine et son témoin attendaient dans une pièce contiguë. Quand tout le monde fut prêt, le capitaine entraîna la femme de ménage du Lucky jusqu'à une glace sans tain.

– Regardez bien attentivement, Madame Dupin. Parmi les hommes qui sont là, reconnaissez-vous celui que vous avez vu en conversation avec Franck Collet ?

De mauvaise grâce, Mariette parcourut la rangée des yeux, de gauche à droite puis de droite à gauche.

– Je sais pas, dit-elle. Je reconnais personne.

– Regardez encore. Prenez votre temps.

Elle examina un peu plus attentivement les six hommes :

– Non, ces gars là, je les ai jamais vus.

De son côté, Rouvier scrutait le visage des deux frères, espérant y trouver un signe d'inquiétude. Mais le dentiste, mâchoire serré, menton en avant comme pour le défier, paraissait seulement très mécontent d'être là ; quant au mari, il avait l'air de s'ennuyer, sans plus.

– Faites un effort, Madame Dupin, insista le capitaine. C'est très important.

Ça l'était pour lui, en tout cas. Si le témoin désignait le mari ou le beau-frère, il pourrait avertir ses supérieurs et les médias qu'il tenait un suspect. Et l'enquête sur la disparition de Christine Delamare serait relancée.

– Je pourrais pas vous dire, persista Mariette. J'étais loin, j'ai pas vu sa figure.

– Réfléchissez bien, Madame Dupin, cherchez dans vos souvenirs. Vous devriez tout de même vous rappeler quelque chose. Un petit détail.

Mariette ferma les yeux, tout son visage se plissa dans un gros effort de mémoire. Puis elle rouvrit les yeux et déclara :

– Le type était plus grand que Frankie.

– Grand comment ? Comme celui que vous voyez là, le numéro cinq ?

– J'en sais rien. Y a pas que le cinq qu'est grand. Le un et le trois, ils sont presque aussi grands que lui.

Le capitaine attendait, maîtrisant son impatience.

– Tous ceux qui sont là, ils sont plus grands que Frankie, continua Mariette. Frankie, il était plutôt petit. Il faisait pas beaucoup plus que moi, et moi je fais un mètre soixante-cinq.

Les deux frères étant à l'évidence les mieux vêtus du groupe, malgré l'interdiction d'influencer les témoins, Rouvier suggéra insidieusement :

– Et le style de vêtements, ça vous rappelle rien le style de vêtements ? Vous m'avez bien dit l'autre jour que l'homme que vous avez vu était bien habillé, habillé comme un bourgeois ?

– Ah ben, je suis pas miraud, les plus chic dans ceux qui sont là, c'est le deux et le cinq ! lui rétorqua Mariette. Mais c'est pas pour ça que c'était un des deux qui parlait à Frankie.

– Allez, Madame Dupin, encore un petit un effort. Faut nous aider, c'est votre devoir. Y a eu mort d'homme, quand même, faudrait pas l'oublier.

– J'étais trop loin, je vous dis. Et puis ça fait plus de trois mois, comment voulez-vous que je m'en rappelle !

Rouvier ne bougeait pas. Légèrement penché sur elle, il insistait de toute sa corpulence muette. Quelques secondes de plus s'écoulèrent. Mal à l'aise, énervée, Mariette tournicota sur place, balaya une dernière fois la rangée puis s'en détourna brusquement :

– Je sais pas ce que vous voulez me faire dire, cria-t-elle, mais je vais pas accuser quelqu'un juste pour vous faire plaisir !

Découragé, le capitaine exhala un soupir :

– Merci Madame Dupin. Vous pouvez rentrer chez vous.

– Mais, s'étonna Delphine Allard en versant un jet de thé parfumé et brûlant dans la tasse de Madeleine, je croyais que vous n'étiez plus sur l'affaire.

– Je n'y suis plus. Votre beau-frère, Monsieur Delamare, était satisfait que j'aie réussi à retrouver son épouse, mais mon contrat s'est arrêté là. Puisque la police s'était enfin décidée à agir, que la PJ avait repris l'enquête, il ne voyait pas la nécessité de poursuivre les recherches avec moi. Les policiers n'aiment pas qu'on piétine leurs plates-bandes.

– C'est injuste. C'est tout de même vous qui avez découvert le corps de Christine.

– N'en parlons plus. Ce qu'il faut à présent, c'est mettre la main sur le coupable. Découvrir ce qui s'est réellement passé. Tirer toute cette affaire au clair. Même si je ne suis plus sur le coup, je ne peux pas m'empêcher d'y penser. Cette histoire m'obsède. Après tout, rien ne m'empêche de m'y intéresser personnellement, au même titre que n'importe qui.

– D'autant plus que la police n'a pas l'air de beaucoup progresser. Mais je ne comprends pas. Pourquoi m'avoir demandé un rendez-vous à moi ? En quoi puis-je vous être utile ? J'ai déjà dit tout ce que je savais. A vous et aux policiers. Ils sont même venus perquisitionner ici la semaine dernière. Ils ont fait un bazar dont vous n'avez pas idée ! La maison était sans dessus dessous. Et ça ne leur a pas suffi. Après, ils ont démonté nos voitures ! Ils sont partis en les laissant en pièces détachées ! On a été obligés de faire venir deux mécaniciens pour les remonter ! Et il nous a fallu trois jours entiers pour remettre la maison en état ! Bien entendu, ils n'ont rien trouvé. Mon mari et moi n'avons rien à cacher ! Sincèrement, Madame Raynal, je ne demande qu'à vous aider mais je ne vois pas ce que je pourrais vous apprendre de plus.

– On ne sait jamais, dit Madeleine. Vous êtes quand même la dernière personne a avoir parlé à votre belle-sœur...

– Non, c'est Philippe. Il l'a appelée plus tard, dans la soirée. Il lui a parlé bien après moi.

– D'accord, l'avant-dernière.

– Au téléphone, souligna Delphine.

– Quand elle vous avait invitée à venir courir avec elle le lendemain matin et que vous n'y étiez pas allée...

– C'est bien ça. Vous voyez, je ne peux rien vous apprendre que vous ne sachiez déjà.

Evidemment, Madeleine ne pouvait pas lui dire pourquoi elle était revenue, ce qu'elle cherchait exactement. Que c'était à son mari, Jérôme Allard, qu'elle s'intéressait désormais à travers elle, et que c'était sur lui qu'elle espérait recueillir des informations.

– Vous auriez pu vous rappeler quelque chose. Ça arrive qu'on se souvienne après coup d'un détail, d'une parole prononcée à laquelle on n'avait pas prêté attention sur le moment. Ou qu'un fait nouveau se soit produit. Elle vous avait paru comment, au téléphone, votre belle-sœur ?

– Comme d'habitude. Je n'ai rien remarqué de spécial.

Voyant que le feu qui brûlait dans la cheminée déclinait, Delphine Allard se leva pour le ranimer, remua un instant les braises, ajouta une bûche. Les flammes recommencèrent à monter, le feu à crépiter. Madeleine se laissa aller dans son fauteuil moelleux, s'abandonnant au confort de ce salon chaleureux.

– On est bien, chez vous, dit-elle quand la maîtresse de maison fut revenue s'asseoir.

Delphine acquiesça d'un battement de paupières :

– J'ai beaucoup de chance.

Un calme parfait régnait dans la maison.

– Vos enfants ne sont pas là ?

– Ils sont en promenade avec leur nounou. Delphine sourit : Un moment de tranquillité…

Une personne équilibrée, jugea Madeleine, protégée, comblée, maman de deux jeunes enfants. Sans mal-être apparent, sans zone d'ombre. Rien de l'épouse d'un criminel : une épouse aurait perçu un changement chez son mari, elle l'aurait senti déstabilisé, inquiet, et se serait inquiétée elle-même. Elle n'offrirait pas cette image de parfaite sérénité. Delphine n'avait pas l'air d'une femme qui dissimule quelque chose.

Madeleine eut un moment de flottement. Elle commençait à se demander si elle ne faisait pas fausse route. Allard était resté seul deux jours de suite, sans personne pour témoigner de ses faits et gestes après son travail, d'accord. Et, selon toute vraisemblance, l'assassinat de Christine avait été prémédité. Soit. Mais ça ne prouvait pas que le docteur y était pour quelque chose.

Elle reprit :

– Vous n'aviez pas senti de la nervosité dans la voix de votre belle-sœur ? Comme une personne qui aurait été menacée ou qui serait victime d'un chantage ?

– Non. La voix de Christine était tout à fait normale. Je dirais même enjouée. C'est pourquoi, pour ma part, je n'ai jamais cru à une fugue. Pas une seconde. J'ai toujours pensé qu'elle était allée tranquillement faire son jogging et qu'il s'était produit un événement grave. Une agression, un crime sexuel, ce n'est pas impossible. Ou bien elle a surpris quelque chose qu'elle n'aurait pas dû voir. Une rencontre de malfaiteurs, un trafic de drogue… Elle aurait même pu être le témoin involontaire d'un meurtre. La malchance. Les criminels ne pouvant la laisser filer, ils l'auraient éliminée.

Delphine était peut-être dans le vrai, et si c'était le cas, c'était le pire des scénarios. Madeleine n'ignorait pas que ce sont le plus souvent les crimes fortuits qui échappent à la justice, ceux pour lesquels il n'y a pas d'explication apparente. Ça peut durer des années avant qu'on mette la main sur le coupable, et c'est le plus souvent par hasard, une arme déterrée par un animal, une dénonciation tardive. Si jamais on finit par l'attraper.

– Et ses assassins l'auraient transportée jusqu'à Rambouillet ?

– Pour brouiller les pistes. Mais ça pourrait être toute autre chose. Par exemple, Christine aurait pu quitter Virelonde de son plein gré, sans être vue, et se rendre dans la forêt de Rambouillet pour un rendez-vous secret.

Pourquoi pas ? se disait Madeleine. Un ancien amant abandonné, humilié et jaloux de sa réussite, qui ressurgit plusieurs années après pour accomplir sa vengeance ? Sûr de commettre le crime parfait, que personne ne se souviendra de lui…

Brusquement, elle se sentit découragée. Elle ne savait plus si ça valait la peine de continuer à s'intéresser à l'affaire, si ce ne serait pas une perte de temps.

– Bien sûr, conclut-elle, on peut tout supposer.

Elle se leva, remercia pour le thé. « Je dois y aller, à présent. »

– Je vous raccompagne, dit Delphine. Je suis navrée de n'avoir pu vous aider davantage. Est-ce qu'on apprendra un jour la vérité ? Dieu seul le sait. Cette pauvre Christine, tout de même, qui aurait pu imaginer...

Elles sortirent, s'engagèrent dans l'allée qui menait à la grille. Le sol du jardin, ce jardin que Madeleine traversait vraisemblablement pour la dernière fois, était jonché de feuilles. Toutes celles de la gloriette étaient tombées, leurs branches dénudées s'entrelaçaient dans ses croisillons et sur son toit. Les buissons de zinnias et de roses avaient perdu leurs fleurs. Mais les deux grands chênes qui s'élançaient vigoureusement au milieu de la pelouse avaient encore un feuillage fourni, vibrant de toutes les couleurs de l'or au bronze, comme le symbole flamboyant de l'opulence et du pouvoir de la famille.

Les deux femmes atteignirent la remise qui faisait office de garage. Comme la première fois, sa porte était grande ouverte. La Lancia de Delphine était à l'abri, parfaitement remontée, comme neuve, sa capote relevée en prévision des intempéries.

Encore quelques pas et Madeleine s'arrêta net. Elle avait eu une impression bizarre, perçu un changement, mais elle n'aurait su dire lequel.

Elle recula jusqu'à la remise. L'emplacement à droite de la Lancia était vide : normal, le docteur avait dû prendre sa voiture pour se rendre à son cabinet. Mais c'était aussi le cas de l'emplacement entre le mur de gauche et la Lancia. Ce troisième emplacement était vacant. Et Madeleine avait la sensation d'une absence, quelque chose manquait... mais quoi ?... Le van ! C'était bien ça ! Le van qu'elle avait remarqué à sa première visite n'était pas à sa place ! L'air de rien, reprenant sa marche, elle observa :

– Vous n'avez plus votre van ?

– Jérôme a dû le laisser au haras, répondit Delphine sans se troubler. Ça lui arrive de temps en temps.

– Ah, dit Madeleine, le haras Bailly dont vous m'aviez parlé ?

– Oui. C'est là que nos chevaux sont en pension.

Elles étaient arrivées à la grille. Du ton le plus dégagé qu'elle put, Madeleine s'informa :

– Il y a longtemps que votre van n'est plus dans votre garage ?

– Je ne sais pas exactement. Je n'y ai pas prêté attention. Ça doit faire quelques...

Delphine Allard s'interrompit, l'air surpris :

– Mais pourquoi me demandez-vous ça ?

Une demi-heure plus tard, Madeleine franchissait à pied le grand portail du haras. Sa lassitude et son découragement, la tentation de l'abandon s'étaient envolés. Le plaisir était revenu, l'excitation de la chasse. Madeleine était de nouveau elle-même, l'enquêtrice motivée et tenace qu'elle avait toujours été.

Elle traversa à grandes enjambées la cour pavée de la zone réservée à l'accueil et parvint à un second portail, ouvrant sur un vaste espace où étaient alignées face à face deux rangées de box. Chaque rangée mesurait bien cent mètres et devait donc en abriter plusieurs dizaines. Sur sa droite, au-delà d'une barrière délimitant un enclos, un poulain nouveau-né trébuchait sur ses longues jambes frêles sous la surveillance de sa mère. Un peu plus loin, dans une carrière de sable, quelqu'un débrouillait un nouveau pensionnaire au bout d'une longe. Partout dans le haras des humains s'affairaient autour de bêtes majestueuses et patientes, les douchaient, les brossaient, les peignaient, les promenaient, nettoyaient leur box. Un spectacle qui faisait mentir l'adage selon lequel le cheval est la plus noble conquête de l'homme. Ce que Madeleine avait sous les yeux évoquait plutôt l'inverse.

Elle franchit le passage entre les box sans être inquiétée et tomba, à l'autre bout, sur une demi-douzaine de vans qui semblaient oubliés là en attendant un prochain voyage.

Elle s'était arrêtée, réfléchissant au moyen d'apprendre lequel de ces vans appartenait au docteur, quand elle s'entendit interpeller de loin par une voix revêche : « Vous cherchez quelque chose ? »

Un homme se dirigeait vers elle, la mine peu amène.

– Le van de Monsieur Allard, lui répondit Madeleine du tac au tac.

Elle était sur le point de lui raconter qu'elle en cherchait un d'occasion et qu'elle avait appris que le docteur Allard voulait se débarrasser du sien, mais ce ne fut pas nécessaire.

– Vous arrivez trop tard, lui annonça l'homme, parvenu à sa hauteur. Ça fait un moment qu'il n'est plus là, le van du docteur. Il a été vendu.

– Il y a longtemps ?

– Oh, ça doit bien faire trois semaines un mois.

– Vous savez qui l'a acheté ?

– Non. Et si vous avez des questions, il vaudrait mieux aller les poser au bureau. Mais ça m'étonnerait qu'ils vous répondent. On ne donne pas de renseignements sur nos clients.

– Vous n'en auriez pas un autre à vendre, par hasard ? demanda Madeleine, peu pressée de partir.

Tout près d'eux, un jeune lad était occupé à panser un cheval et tendait l'oreille.

– Non, c'est un haras, ici. Nous vendons des chevaux, pas du matériel. On laisse nos clients proposer leurs affaires de temps en temps pour leur rendre service. Mais ça va pas plus loin. Allez, faut pas rester là, conclut-il avec la rudesse légendaire des cavaliers. Vous gênez le travail.

— Mais, insista Madeleine sans obtempérer, pourquoi refusez-vous de me donner le nom de l'acheteur ? Ça l'intéresserait peut-être de revendre.

L'homme la bouscula presque :

— Pas question, je vous dis. Allez, dégagez, restez pas là.

Madeleine fit semblant de s'éloigner puis, son aimable interlocuteur hors de vue, elle revint sur ses pas. Un billet de cinquante euros entre les doigts, elle s'approcha du jeune lad qui n'avait pas dû perdre une miette de l'échange.

— Vous le savez peut-être, vous, qui a acheté le van de Monsieur Allard…

C'était à peine une question tant le garçon avait paru attentif à ce qu'elle disait à son chef, affichant un petit air sournois, lui expédiant des regards furtifs, comme pour lui faire comprendre qu'il avait ce qu'elle cherchait.

Le garçon secoua la tête dans un sens indéterminé, un peu à la manière des chevaux qu'il soignait, mais sans prononcer un mot.

— Moi, je sais que vous le savez, dit Madeleine en lui mettant son billet sous le nez.

Il hésita, regarda à droite et à gauche, puis se saisit du billet et le fit disparaître dans sa poche.

— Armand Thoiry, murmura-t-il sans la regarder.

— Vous voulez dire Armand Thoiry, le comédien ?

Le jeune lad hocha la tête.

— Vous savez où il habite ?

Silence du garçon. Peut-être pouvait-il obtenir un autre billet ? Mais la peur d'être surpris par son chef l'emporta.

— Noizel, souffla-t-il, et il se concentra sur son pansage.

Noizel, à cinq kilomètres au sud de Grécourt, était un hameau de deux cents habitants, pas peu fiers d'abriter une vedette de cinéma internationalement connue, de sorte que Madeleine n'eut aucun mal à se faire indiquer la propriété. Elle parvint rapidement devant une immense bâtisse, une ancienne ferme en fait, constituée de trois corps de bâtiments entourant une cour où l'on aurait pu convier le village entier pour un bal champêtre. « Le retour à la terre, aux vraies valeurs, d'un homme lassé des projecteurs et des tapis rouges », présuma Madeleine.

Le soir tombait. Le portail se trouvant encore ouvert, elle descendit de voiture et se dirigea vers le bâtiment central, à la façade presque entièrement recouverte de lierre, où plusieurs lumières du rez-de-chaussée scintillaient.

— Je voudrais parler à Monsieur Thoiry, dit-elle à la personne qui vint lui ouvrir.

— Il vous attend ? Vous avez rendez-vous ?

— Non, mais j'ai quelque chose à lui dire. Je n'en aurai pas pour longtemps.

— Ils viennent de se mettre à table, objecta la femme.

Madeleine lui tendit sa carte :

— Détective Raynal. Dites-lui qu'il s'agit d'une affaire urgente.

Quelques secondes plus tard, on l'introduisait dans une vaste salle-à-manger de campagne, une sorte de salle commune où, à l'extrémité d'une longue table, quatre personnes attaquaient leur repas. Deux adolescentes, qui levèrent sur elle un regard intrigué, une femme encore belle, probablement leur mère et l'épouse de l'acteur, et Armand Thoiry lui-même, que Madeleine eut du mal à reconnaître, tant il paraissait plus vieux que le fringant jeune premier qu'elle avait vu dans une dizaine de films quand elle était elle-même une ado, sans parler des nombreuses rediffusions télévisées. Ce séducteur casse-cou, ce beau ténébreux dont le seul nom remplissait les salles de spectatrices pâmées, présentait dans la vie réelle toutes les apparences d'un brave père de famille dans la soixantaine.

L'acteur avala une gorgée de vin, s'essuya la bouche et alla au-devant de sa visiteuse, la carte qu'elle lui avait fait porter à la main.

– Excusez-moi, murmura Madeleine.

– Bonsoir, Madame. Vous voulez me voir pour quoi ?

– C'est confidentiel. Nous pourrions peut-être parler un instant dans votre bureau ? Pardon, je suis confuse, répéta-t-elle à l'intention de la famille en sortant de la pièce.

Mais au lieu de la conduire jusqu'à son bureau, Thoiry s'arrêta au milieu de l'entrée :

– Alors, de quoi s'agit-il ?

– C'est au sujet de votre van, commença Madeleine.

– Mon van ? répéta l'acteur, étonné.

– Vous avez bien acheté un van il y a quelques semaines ?

– C'est exact.

– Celui qui avait été mis en vente par le docteur Allard ?...

Thoiry se taisait. Il attendait des éclaircissements.

– ... N'est-ce pas ? C'est bien au docteur Allard que vous l'avez acheté ?

– Mais qu'est-ce qui se passe ? Vous enquêtez sur quoi au juste ?

– Sur l'assassinat de Christine Delamare, le renseigna laconiquement Madeleine. Vous en avez peut-être entendu parler. La police le recherche, ce van. Il est chez vous ?

L'acteur avait compris. L'habitude des scénarios policiers, évidemment. Le van qu'il venait d'acheter constituait une pièce à conviction dans l'affaire criminelle qui avait défrayé la chronique au début de l'été.

– Il est garé dans la grange.

– Je peux le voir ?

« Voici le corps du délit », annonça Thoiry un instant plus tard en ouvrant la porte d'une grange parfaitement rangée, où n'avait pénétré ni foin, ni épis depuis bien longtemps. C'était un joli van blanc, moderne, presque neuf, une sorte de mini-caravane.

– C'est bien celui du docteur ?

– Absolument. Je ne m'en suis pas encore servi. Il n'a pas bougé d'ici.

Tant mieux, se dit Madeleine. On le trouvera dans l'état où il a été vendu. L'habitacle ne sera pas pollué. Il aura conservé ses indices, si indices il y a.

Une lueur amusée s'alluma dans les prunelles de l'acteur :

– Mais j'ai regardé à l'intérieur, il n'y avait pas de cadavre, j'en suis certain. Et je n'ai pas vu de traînées de sang non plus.

Madeleine retint un sourire. Armand Thoiry avait le sens de l'humour (l'humour noir). Ou alors il ne la prenait pas au sérieux.

– Il n'a pas l'air d'avoir beaucoup servi pour un van d'occasion, remarqua-t-elle.

– C'est vrai, et ça m'avait même surpris que son propriétaire veuille s'en séparer. Mais il m'a expliqué que sa femme montait aussi, qu'elle possédait son propre cheval et qu'il avait l'intention d'acquérir un van à deux places. Il paraissait pressé.

– Vous l'avez acheté quand exactement ?

– Exactement, c'est difficile à dire. Ça doit faire environ un mois.

– Vous l'avez réglé par chèque ? Si c'est le cas, vous aurez la date.

– Justement, non. Le vendeur préférait être payé en liquide. Moi, ça ne me dérangeait pas. La somme n'était pas très élevée. Deux mille euros pour un van quasi neuf, c'était une très bonne affaire. – Il se reprit : « Ah, mais attendez... ça me revient... Le van m'a été livré ici même, et je me rappelle très bien que je ne tournais pas ce jour-là. Mes filles étaient présentes. Si elles n'étaient pas au lycée, ça devait être un mercredi...

Madeleine consulta le calendrier de son portable :

– Le mercredi 11 septembre ? proposa-t-elle.

– Non, j'ai tourné tous les jours ouvrables de la première quinzaine de septembre. C'était plutôt le mercredi 18. Oui, j'en suis certain, maintenant, je n'avais pas de scène ce jour-là. J'étais chez moi, je me reposais. C'est le docteur lui-même qui m'a amené le van. On l'a décroché de sa voiture puis j'ai emmené le vendeur dans mon bureau et je lui ai réglé la somme convenue en liquide.

– Vous le connaissez bien, le docteur Allard ?

– Pas vraiment. Nous nous rencontrons parfois au club-house du haras, il nous arrive d'échanger quelques mots. En dehors de ça, nous ne nous fréquentons pas. Nous appartenons à des milieux si différents...

Pensive, Madeleine contemplait l'objet, imaginant tout ce qu'il pouvait recéler, tous les mystères qu'avec un peu de chance il allait révéler. Elle tenait ce qu'elle cherchait.

– Et bien, Monsieur, je vous remercie beaucoup. Encore pardon d'avoir interrompu votre repas. Je vais immédiatement avertir la PJ. En attendant, je crois qu'il vaudrait mieux ne toucher à rien et ne parler de cette affaire à personne.

– Avec ma femme, ça ne va pas être facile, plaisanta Thoiry.

– Tenez bon jusqu'à demain, la police ne va pas tarder à l'enlever.

– Ma femme ?

– Votre van.

Avec une mimique histrionique, comme s'il se trouvait sur une scène de boulevard, il s'exclama d'un air indigné :

– Ah bon, parce qu'à présent on va me prendre mon van ? Et mon fric, alors ? Mes deux mille ?

– Ne vous inquiétez pas pour ça, ce qui vous appartient vous sera restitué un jour ou l'autre.

– Un jour ou l'autre ? Voilà ce qui s'appelle une bonne nouvelle ! Et en attendant on voyage comment, Pompon et moi ?

– Mais, répliqua Madeleine sur le ton insolent d'une servante de comédie, à cheval, bien sûr !

Dans sa voiture, elle s'accorda une petite pause. Elle se regarda dans la glace, examina son visage (une minute de coquetterie : c'était quand même le visage qu'elle venait de montrer à un acteur célèbre), arrangea sa coiffure. Puis elle se laissa aller contre le dossier de son siège et ferma les yeux. Tout allait bien, elle avait fait ce qu'elle avait à faire. Il ne lui restait plus qu'à prévenir la police. Le plus logique aurait été d'appeler le SRPJ, le service officiellement chargé de l'enquête, mais elle n'avait aucune envie de faire ce plaisir au capitaine Rouvier, qui l'avait jusqu'ici tenue à l'écart et s'empresserait de l'évincer aussitôt qu'elle lui aurait fait part de sa découverte. Elle ouvrit son portable et forma le numéro de son ami Didier Benoist. Il était vingt heures quarante.

– Quoi encore ? s'impatienta le commissaire en reconnaissant sa voix.

Elle devait mal tomber. Peut-être était-il lui aussi en train de dîner ?

– J'ai quelque chose, lui annonça-t-elle.

– A propos de quoi ?

– Ça concerne l'affaire Delamare.

– Mais je croyais que tu n'étais plus sur le coup.

– J'y suis toujours. A titre personnel. Et j'ai découvert un truc intéressant. Faut que je te parle.

– Je t'écoute.

Il se méfiait. Son ex-collègue, experte dans l'art de tirer les vers du nez, était tout à fait capable de prétendre détenir une info pour obtenir un rendez-vous dans le seul but de se renseigner sur l'évolution de l'enquête officielle.

– Je ne peux pas parler au téléphone. Il faut qu'on se voie. C'est très urgent.

– Tout de suite, là ? Désolé, ça va pas être possible. Je suis occupé.

Il avait l'air embarrassé. Il était avec une femme, Madeleine en était sûre. Egayée par son demi-succès et par la bonne humeur communicative du comédien qu'elle venait de quitter, elle le taquina :

– Ah bon ? Alors tant pis. Ça ne fait rien, va, c'est pas grave. Ne t'inquiète surtout pas. Je vais appeler le service du capitaine Rouvier. Ils seront peut-être intéressés, eux. Allez, à une autre fois. Amuse-toi bien.

Le commissaire se résigna :

– Si tu y tiens, je peux te recevoir demain matin à mon bureau mais j'aurai pas beaucoup de temps à te consacrer.

Même pas en rêve, coco, se dit Madeleine. C'était elle qui apportait une info de première importance et elle qui aurait dû s'appuyer le trajet de Versailles jusqu'à Grécourt !

– J'aimerais mieux que tu passes à la maison.

– Chez toi ? Pourquoi donc, tu es malade ?

– Non, je vais très bien. Je préfère, c'est tout. Ça me fera gagner du temps. Parce que, tu vois, moi aussi demain j'ai une journée très chargée.

– Qu'est-ce que tu proposes ?

– Huit heures chez moi. Je te ferai un petit-déjeuner.

– Ton adresse ? Ça fait longtemps que je ne suis pas venu.

– Elle n'a pas changé. 25, rue de Sévigné, en face du square. Le rez-de-chaussée au fond de la cour. Alors salut Didier, à demain. Passe une bonne soirée.

Elle referma son portable et poussa un soupir de satisfaction. C'avait été une bonne journée, une journée productive comme elle les aimait. Un vrai marathon en fin d'après-midi, d'accord, mais ça en valait la peine. Il y avait quand même des moments formidables dans son métier, des moments qui la payaient de tout le reste.

Elle tourna la clé de contact et partit retrouver Baba.

Chapitre 5

Ce matin-là, sans prendre le temps de faire honneur au petit-déjeuner préparé par Madeleine et au lieu de rejoindre leurs bureaux respectifs, son agence parisienne du quartier de la Bourse pour elle, le commissariat de Grécourt pour Didier Benoist, ils se rendirent ensemble au SRPJ. Mis au courant par Madeleine de sa trouvaille, le commissaire avait appelé le capitaine Rouvier qui les avait aussitôt convoqués tous les deux. Il voulait entendre son récit de la bouche même de la détective.

Le capitaine semblait à la fois impatient et circonspect. Sans doute était-il un peu vexé que l'enquête ait fait un bond en avant sans lui. Mais Madeleine n'abusa pas de son avantage, elle était aussi intéressée que les policiers à la résolution de l'affaire.

Sans rien omettre, elle raconta comment, alors que, mandatée par le mari de la victime (laquelle, à l'époque, n'était encore considérée que comme disparue), elle interrogeait les membres de la famille à leur domicile, elle avait remarqué la présence d'un van dans la remise du docteur, van qui n'était plus à sa place, hier après-midi, quand elle était retournée chez les Allard.

Comment, sur un renseignement innocemment fourni par l'épouse, elle était allée au haras, où elle avait appris que ledit van avait été vendu au célèbre acteur Armand Thoiry.

Et comment celui-ci, après l'avoir conduite dans la grange qui abritait le véhicule, lui avait expliqué qu'il l'avait eu pour une bouchée de pain, que son propriétaire semblait pressé de vendre, et que cette vente avait eu lieu le 18 septembre, environ un mois plus tôt, c'est-à-dire, et c'était là un point essentiel, une semaine *après* la parution dans le *Messager des Yvelines* de l'article annonçant que le cadavre découvert dans la forêt de Rambouillet avait été identifié comme étant celui d'un habitant de Grécourt nommé Franck Collet. – Encore une troublante coïncidence de dates.

Elle n'eut pas besoin d'expliciter. Pour les policiers, c'était clair : alerté à la lecture de l'article, Jérôme Allard avait craint que l'enquête concernant le malheureux ne remonte jusqu'à lui et, prudent, il s'était débarrassé de son van avant une perquisition éventuelle à son domicile. Déduction logique : s'il voulait le dissimuler, c'était que le van avait joué un rôle dans la mort de Collet et pouvait en conserver des preuves.

Dès cet instant, la procédure s'accéléra. Il ne fallait pas laisser à l'actuel propriétaire le temps de parler au précédent, au risque que le van, devenu désormais une pièce à conviction de première importance, ne se volatilise à nouveau. Sitôt leur mandat arraché au juge en urgence, trois policiers se précipitèrent à Noizel avec mission de saisir le véhicule.

Madame Thoiry les attendait. Elle était seule. Ses filles étaient au lycée, son mari à son travail. Respectant les consignes de discrétion de Madeleine, Thoiry n'avait averti sa femme que le matin même, à la dernière minute, au moment de monter en voiture pour se rendre sur son lieu de tournage. De peur de l'inquiéter, il avait minimisé les choses : le van n'était plus impliqué dans une affaire d'assassinat, mais dans une banale histoire de cambriolage. Il lui avait bien recommandé de n'en souffler mot à personne et de s'abstenir, pour une fois, de bavarder au téléphone avec ses amies.

Le véhicule fut accroché à la voiture de police et l'attelage démarra sans encombre. Tous les employés de la maison avaient abandonné leurs occupations pour assister à l'événement et s'étaient rassemblés dans la cour. Un policier leur ordonna de la boucler, sous peine de poursuites pour entrave à enquête judiciaire. Motus, donc. Ils auraient tout loisir d'en discuter entre eux. Par chance, la prochaine ferme se trouvait à un kilomètre et il n'y eut pas de voisins pour observer la scène.

A midi trente-cinq, le van franchissait triomphalement le porche du Laboratoire de l'Identité Judiciaire, quai de l'Horloge, à Paris. Une équipe de la Police scientifique l'attendait sur le pied de guerre. Armés d'instruments divers (appareils photos, loupes, pinceaux, lampes portatives, flacons, sachets de différentes tailles…), une dizaine de techniciens masqués en combinaison blanche se répandirent tout autour et à l'intérieur et entreprirent de l'ausculter.

A peu près au même moment, le capitaine Rouvier, accompagné de deux lieutenants, pénétrait dans le cabinet du docteur Allard. Trois flics, il fallait bien ça pour maîtriser un homme de la stature et de la corpulence du dentiste si celui-ci refusait de les suivre, se débattait ou tentait de s'échapper. Sous les yeux ébahis de l'assistante et d'une patiente arrachée à la lecture d'un magazine, ils traversèrent la salle d'attente au pas de charge.

L'assistante avait déjà la main sur son téléphone. Un lieutenant la retint, lui intimant de ne pas bouger. L'autre lieutenant, une main sur la crosse de son revolver, se préparait à pousser la porte selon la technique en vigueur, mélange savamment dosé de protection personnelle et d'effet de surprise. « Doucement, lui ordonna le capitaine, il doit être en train d'opérer. »

Voyant surgir les policiers, le docteur en resta la roulette en l'air. « Qu'est-ce que vous faites ici, gronda-t-il, qu'est-ce que ça signifie ? ».

Un lieutenant était déjà posté devant la porte du fond qui donnait peut-être sur une issue. L'autre s'était placé entre le fauteuil et la fenêtre. Le cabinet était au premier étage, un cavalier émérite, un grand sportif comme Allard aurait pu facilement sauter par la fenêtre et tenter de s'enfuir. Il ne pourrait pas aller bien loin mais ça ne ferait que compliquer les choses.

« Nous allons vous prier de nous suivre », dit Rouvier, gardant lui-même la porte par laquelle ils étaient entrés. Il ajouta, sur un ton anodin en totale contradiction avec leur arrivée en fanfare et leurs précautions pour garder les issues possibles : « Nous avons besoin d'un complément d'information. Rien de grave, rassurez-vous. Nous n'avons que quelques questions supplémentaires à vous poser. Mais continuez. Vous pouvez terminer votre intervention. »

Le dentiste remettait sa roulette en marche, mais son patient, terrorisé, craignant un dérapage du praticien dans les conditions stressantes où il opérait, repoussa fermement sa main : « Non, docteur. Ça ira pour aujourd'hui. » Il sauta de son fauteuil : « Nous finirons ça un autre jour ! » cria-t-il en prenant la fuite.

Le docteur reposa l'instrument sur son support et commença à déboutonner sa blouse. Il allait ouvrir son placard, mais un lieutenant l'en empêcha, poussa lui-même la porte coulissante, décrocha le vêtement qui y était pendu – une élégante veste de tweed anglais à la doublure contrastée –et, après en avoir méthodiquement exploré les poches, la remit enfin à son propriétaire. Laissant à peine au docteur le temps de l'enfiler, le second lieutenant lui passa les menottes.

Jérôme Allard n'avait plus de doute, ils n'étaient pas là pour un simple complément d'information. On le soupçonnait de quelque chose. Il cria d'une voix de stentor, dans le but évident d'être entendu de sa salle d'attente : « Vous faites erreur ! C'est une grossière erreur ! », sans émouvoir autrement les policiers qui avaient l'habitude de ce genre de protestation. Négligeant l'ascenseur, ils descendirent quatre à quatre l'unique étage et se retrouvèrent sur le trottoir.

Leur curiosité éveillée par l'irruption tonitruante d'une voiture de police dans leur quartier résidentiel et tranquille, quelques voisins s'étaient mis à la fenêtre, tandis que trois gardiens d'immeuble, y compris celui de l'immeuble du cabinet, observaient la scène sur le pas de leur porte. Humilié, fulminant, le dentiste cria une nouvelle fois à la cantonade : « C'est une erreur ! Une énorme erreur ! Et faites-moi confiance, vous allez le payer cher... ».

Un lieutenant plaqua sa main sur sa tête et le fit entrer dans la voiture.

Un peu plus d'une heure plus tard, ils franchissaient le seuil du SRPJ de Versailles, un austère et peu engageant bâtiment du dix-septième siècle aux fenêtres garnies de barreaux. Le genre d'endroit où même un innocent pénètre en n'étant pas sûr qu'il en ressortira. Escorté de ses gardes, le docteur Allard fut conduit directement devant le capitaine Rouvier.

Il avait perdu de sa superbe. Il ne croisait plus avec désinvolture ses grandes jambes mais, ses poignets menottés sur ses genoux, promenait autour de lui un regard furibond. Un quatrième flic entra et s'installa devant l'ordinateur pour prendre sa déposition. A la première question, le docteur déclara qu'il ne prononcerait pas un mot tant qu'on ne lui aurait pas ôté les menottes, ce qui revenait à le considérer d'avance comme un coupable. On voulut bien l'en délivrer.

Et commença la litanie des questions, identité, adresse, date de naissance... Le docteur répondit machinalement aux deux premières, puis s'arrêta :

– Ces renseignements, vous les avez déjà. Je vous les ai donnés la dernière fois, ils sont dans le dossier jaune qui est là, à côté de vous. Ça vous amuse de faire rabâcher les gens ?

– On n'est pas là pour s'amuser, le contra rudement le capitaine. Faites ce qu'on vous demande. Répondez.

De mauvaise grâce, Allard s'exécuta. « Et maintenant, je voudrais bien savoir pourquoi je suis ici, dit-il quand ce fut fini. Pour quelle raison vous m'avez fait revenir alors que j'ai déjà été interrogé. »

Question intéressante, ricana intérieurement Rouvier. La question que le docteur devait se poser depuis qu'ils s'étaient pointés dans son cabinet : Pour quel motif était-on revenu l'arrêter ? Qu'est-ce que les enquêteurs avaient bien pu découvrir ?

Mais le capitaine n'avait pas l'intention de jouer cartes sur table. Il valait mieux commencer par balader le témoin, le laisser mijoter, et observer ses réactions. Tant qu'Allard ignorerait ce que les enquêteurs savaient, quel fait nouveau était arrivé à leur connaissance, Rouvier serait en position de force.

– Et bien, répondit-il, c'est tout simple, nous aimerions savoir où vous vous trouviez le samedi 29 juin entre onze heures et onze heures trente.

– Comment voulez-vous que je le sache ? Je n'en ai pas la moindre idée.

– Nous, nous avons de bonnes raisons de penser que vous étiez devant le parking des Prairies en train de discuter avec Franck Collet.

– Encore cette histoire ! protesta Allard. Je vous ai déjà dit que ce n'était pas moi ! Je ne le connaissais pas, ce type !

– Ce pauvre homme, ce malheureux sauvagement assassiné au fond d'un bois était pourtant un locataire de votre mère !

– Et alors ? Qu'est-ce que ce crime a à voir avec ma famille ? Qu'est-ce que ça peut bien avoir à faire avec moi ? Elle a des dizaines de locataires, ma mère ! Et je n'en connais absolument aucun. Je suis dentiste, moi, je ne m'occupe pas de gestion immobilière. Ce Collet, je vous répète que je ne l'ai jamais vu, je ne lui ai jamais parlé. Permettez-moi de vous rappeler que pendant votre procédure d'identification, votre « tapissage » comme vous dites, la personne qui prétend avoir vu Collet parler avec quelqu'un sur le parking ne m'a pas reconnu.

– Elle a pu se tromper. Ce qui nous ennuie, voyez-vous, c'est que vous êtes incapable de nous fournir un alibi.

– Que voulez-vous que je vous dise ? Un samedi, à la fin de la matinée, je devais être à la maison. Je faisais mes exercices dans ma salle de gym ou je m'occupais de mon jardin. Ou bien je jouais avec mes enfants. C'est ce que je fais d'habitude le samedi, ma femme a dû vous le dire.

– Elle ne s'en souvient pas.

– Ben tiens ! Vous vous souvenez, vous, de ce que vous faisiez le 29 juin à une heure précise ? Il y a plus de trois mois ? Le samedi, je n'ai pas de consultations, mon cabinet est fermé. Je devais être chez moi. La semaine, je suis très pris par mes activités professionnelles, mais le week-end je me consacre entièrement aux miens.

Voilà qu'il nous la joue au bon père de famille, s'amusa Rouvier. Il fit un signe à ses lieutenants pour qu'ils continuent sans lui sur le même thème et quitta la pièce. Son estomac venait de se rappeler à son souvenir. Il était plus de trois heures et il n'avait pas déjeuné. Il traversa le couloir en direction de la machine à café et du distributeur de sandwichs.

Un *espresso* dans une main et un jambon-beurre dans l'autre, tout en mâchonnant, Rouvier réfléchissait. Le moment était venu d'amener le van sur le tapis. Restait à choisir la manière la plus efficace de l'aborder.

Son frugal repas terminé, il revint dans le bureau. Les deux lieutenants occupés à retourner le témoin sur le gril s'interrompirent. Ils avaient dû le bousculer un peu car Allard paraissait défait. Peut-être avait-il faim ou soif. Peut-être que son estomac le tiraillait, lui aussi. Visiblement, il commençait à se fatiguer.

Rouvier se rassit à sa table, se cala confortablement dans son fauteuil et, dardant un regard perçant sur son vis-à-vis :

– C'est pas tout ça, dit-il, il y a aussi le problème du van.

Allard tressaillit. Le sang se retira brusquement de son visage. Il marmonna :

– Quel van ?

Rouvier se félicita, l'effet de surprise avait été payant.

– Le vôtre. Celui dont vous vous êtes débarrassé. On aimerait savoir où il est.

– Débarrassé... répéta Allard, sidéré, mais je ne m'en suis pas débarra... – Au prix d'un gros effort pour se reprendre, il déclara : Je l'ai vendu, mon van.

– Pourquoi ? Il était abîmé, trop vieux ?

Allard hésita, mais ne tomba pas dans le piège.

– Non, c'était pour le remplacer par un van à deux places. Qui est-ce qui vous a parlé de ça ? Ma femme ?

– Pourquoi un van à deux places ? continua Rouvier sans répondre à la question. Elle monte à cheval, votre femme ?

– Naturellement. Delphine est une bonne cavalière.

– Nous savons que vous participez à des concours hippiques. C'est aussi le cas de votre épouse ?

– Non, ma femme n'est pas tout à fait au niveau et d'ailleurs elle n'en a aucune envie. Mais un van à deux places nous permettait de voyager ensemble avec nos chevaux, d'aller monter, nous balader ailleurs que dans notre département des Yvelines dont nous connaissons les allées cavalières et les chemins forestiers par cœur.

Evidemment, raisonnait Rouvier, pour dénicher ce coin reculé de la forêt de Rambouillet, proche d'un plan d'eau, il fallait bien connaître le terrain, savoir que cet endroit relativement sauvage n'était pas fréquenté par les promeneurs et que, en bonne logique, des cadavres n'y seraient pas retrouvés avant longtemps.

– Vous l'avez donc acheté, ce van à deux places ?

– Non, pas encore. Je n'ai pas eu le temps de m'en occuper.

– Votre ancien van, vous l'avez vendu à qui ?

Encore un temps d'hésitation.

– A un client du haras où mes chevaux sont en pension, le haras Bailly, répondit Allard. C'est là que je l'avais laissé, en espérant qu'il intéresserait quelqu'un. J'ai fini par le vendre à un Russe qui venait d'acquérir une poulinière. Il avait besoin d'un véhicule pour la conduire chez lui.

– En Russie ? feignit de s'étonner Rouvier.

– Ou quelque part en France. Peut-être sur la Côte d'Azur. Je ne suis pas sûr d'avoir bien compris où il voulait l'emmener. Il avait un très fort accent.

– Il s'appelait comment, votre acheteur ?

— Sergueï, il me semble. Sergueï quelque chose. J'ai oublié son patronyme. Trop compliqué, un nom russe imprononçable.

— S'il venait d'acheter un cheval, la transaction doit être enregistrée dans les livres du haras. On n'aura pas de mal à retrouver son nom et son adresse. C'était quel jour ?

— En fait, se hâta de répliquer Allard, je ne suis pas sûr qu'il l'avait réellement acheté. C'était peut-être seulement son intention. Vous savez, avec son accent, je comprenais à peine ce qu'il disait. Il était peut-être venu au haras juste pour voir des poulinières, les examiner...

— Vous voulez dire qu'il a acheté le van mais pas le cheval ?

— Il avait pu repérer une poulinière ailleurs, dans un autre haras. Ou il prévoyait de se rendre à une vente aux enchères...

Le capitaine le fixa sans aménité :

— Vous avez pas bientôt fini de vous foutre de moi ?

— Je ne me fous pas de vous, se défendit Allard. Je vous assure que j'ignore totalement où mon van se trouve en ce moment. Si je le savais, je vous le dirais. Pourquoi je vous le cacherais ? Il n'y a pas de raison. Ce n'était qu'un van, un véhicule destiné au transport des chevaux.

Il me prend décidément pour un con, se dit le capitaine. Mais le moment n'était pas venu d'abattre ses cartes. Pour l'instant, il préférait laisser son témoin s'enferrer, voir jusqu'où il était capable d'aller.

— Allons docteur, une dernière fois, il est passé où ce van ? – Il bluffa : Vous répondez à ma question et vous rentrez immédiatement chez vous.

— Je n'en sais rien, je vous dis.

Le policier tapa furieusement du plat de la main sur sa table.

– Vous abusez de ma patience, Allard. Mais ça suffit, nous avons assez rigolé. A partir de maintenant, vous êtes en garde à vue.

Le docteur bondit de sa chaise, agitant ses grands bras :

– En garde à vue ? Mais de quel droit ? Je n'ai rien fait, moi ! Vous n'avez aucune preuve contre moi... C'est un abus de pouvoir !

L'un des lieutenants qui assistaient à l'interrogatoire se décolla du mur et le fit énergiquement rasseoir.

– Ça suffit, gueula Rouvier. Nous avons assez perdu de temps. Ça fait un moment que vous nous emmenez en bateau avec votre van et votre acheteur fantômes !

– Mais je ne vous emmène pas en bateau. Je vous l'ai dit, je n'ai pas compris trois mots de ce que l'acheteur racontait. C'était un homme très volubile. Un Russe qui parlait français avec un accent épouvantable.

– Et bien vous allez avoir tout le temps d'y repenser. Quelque chose va sûrement vous revenir. Vous verrez, une bonne nuit en cellule, ça rafraîchit bien la mémoire.

– Et ma femme ? Elle va m'attendre, ma femme !

– Vous pourrez la prévenir. Vous avez droit à un appel.

Le capitaine fit venir un garde et regarda son témoin sortir. Allard ignorait encore qu'ils avaient déjà mis la main sur le van. On allait le laisser mijoter quelques heures de plus, puis le confronter brutalement à son mensonge.

Le lendemain, Allard fut réintroduit dans le bureau de Rouvier dès neuf heures. Pour un homme qui avait sans doute mal dormi, son allure était convenable. Son visage paraissait propre et frais. Ses cheveux étaient mouillés, pas trop en désordre, la raie de côté vaguement dessinée. Il avait dû profiter de son passage aux toilettes pour se passer la tête sous l'eau et, faute de peigne, se coiffer avec les doigts. Si sa cravate ne lui avait pas été confisquée, il l'aurait nouée avant de se présenter devant le capitaine. Mais il avait dû se contenter de boutonner sa chemise en laissant le col ouvert, dans le style décontracté qu'il adoptait habituellement le week-end. Sa veste de tweed n'avait pas bougé, elle n'était pas le moins du monde froissée. Il avait dû l'ôter pour la nuit et s'en servir comme couverture, et pourtant elle tombait impeccablement. Ces tissus anglais, tout de même, pensa Rouvier. Il aurait bien aimé en posséder une pareille. Le pantalon était assez ajusté pour tenir à peu près sans ceinture. Il descendait juste ce qu'il fallait pour cacher que les chaussures étaient privées de lacets.

Le capitaine saisit le message : il en fallait plus qu'une nuit au trou pour désarçonner le docteur Jérôme Allard.

– Asseyez-vous, dit-il sans lever le nez de ses papiers. – Sur quoi, l'un des lieutenants qui venaient d'entrer (Allard reconnut les deux policiers de la veille, les mêmes qui l'avaient malmené pendant que leur chef s'était absenté) amena devant le bureau leur inconfortable petite chaise.

On laissa passer quelques minutes d'un silence pesant puis le capitaine releva la tête :

– Alors, Allard, l'interpella-t-il familièrement, j'espère que la nuit vous a porté conseil et que vous avez recouvré la mémoire ?

Le témoin joignit les mains et prit une expression concentrée :

– Et bien, je n'en suis pas tout à fait sûr, je ne pourrais pas le jurer, mais après y avoir réfléchi, il me semble bien que l'homme qui a acheté mon van voulait le ramener chez lui. Je crois me rappeler qu'il avait prononcé le nom d'une ville russe : Volgograd, Kaliningrad… Quelque chose comme ça.

– Kaliningrad ou Volgograd ?

– Plutôt Kaliningrad. Mais, comme je vous l'ai dit, je n'en suis pas absolument certain.

– Pourquoi acheter un van ici, observa calmement Rouvier, on n'en trouve pas en Russie ? Avec tous les chevaux qu'ils ont, ça m'étonnerait.

Les deux lieutenants firent entendre un petit rire.

– Je n'en sais rien, moi ! Ce monsieur devait peut-être se rendre d'abord quelque part en France.

– Avec sa poulinière ?

– Et bien pourquoi pas ? Ça n'aurait rien d'extraordinaire.

Le capitaine l'observa un instant, puis prononça d'une voix posée :

– Vous avez raison, Allard, votre van était bien en France. Nous l'avons trouvé chez Armand Thoiry, le célèbre acteur auquel vous l'avez vendu.

Sous le choc, Allard courba la tête. En même temps, il s'était tassé, on aurait dit qu'il avait diminué de volume, comme si tous ses muscles, tous ses os s'étaient subitement rétractés. Il venait de comprendre qu'il avait été joué, que la police était en possession du van depuis le début, et que c'était précisément la raison pour laquelle ils étaient venus l'arrêter à son cabinet. Lui, un homme intelligent, coriace, qui se croyait capable de maîtriser toutes les situations, s'était laissé avoir comme un enfant de chœur par une banale tactique policière. Bizarre comme on peut être clairvoyant quand il s'agit des autres et comme notre jugement s'obscurcit quand on est soi-même dans le pétrin.

– Vous nous avez menti, lui asséna le capitaine, poussant son avantage. Vous aviez donc si peur qu'on le trouve, ce van ? Qu'est-ce qu'il renferme ? Qu'est-ce qu'il peut bien cacher de si embarrassant ?

Les deux lieutenants s'étaient rapprochés. Ils se tenaient maintenant tout près du témoin, l'encadrant de leur présence menaçante.

Allard ne répondait pas. Le capitaine le laissa récupérer un instant, curieux de ce qu'il allait bien pouvoir leur sortir.

– Alors ? fit-il. Je vous écoute, docteur.

– J'ai menti, c'est vrai, commença Allard après avoir pris le temps d'une profonde inspiration, mais c'était seulement pour éviter que la police se présente chez Thoiry. Je ne voulais pas qu'il apprenne que j'étais interrogé dans une affaire criminelle. C'est un client du haras, comme moi. J'avais peur qu'il en parle autour de lui, que cela se sache parmi mes relations. C'est à cause de ma profession, vous comprenez, la réputation de mon cabinet. Les gens sont si malveillants...

Ce n'était pas mal trouvé. L'explication était plausible. Il a eu vite fait de retomber sur ses pieds, apprécia à part lui le capitaine.

– Admettons. Donc, vous reconnaissez que vous avez vendu votre van à Armand Thoiry. C'était quel jour exactement ?

– Le 18 septembre, répondit vivement Allard, sautant sur l'occasion de faire preuve de bonne foi. C'était un mercredi. Je m'en souviens parfaitement parce que le mercredi, c'est le jour des enfants. Ce soir-là, j'ai quitté mon cabinet un peu plus tôt que d'habitude, je suis allé chercher le van au haras et je l'ai conduit moi-même chez Thoiry. Vous pouvez vérifier.

– C'est déjà fait. Et vous l'aviez mis en vente au haras à quelle date ?

– Environ une semaine avant.

– Pourquoi l'avoir mis en vente ? Il est quasi neuf, ce van.

– J'avais l'intention de le remplacer par un van à deux places, je vous l'ai dit hier.

– Mais on n'y croit pas, nous, à votre histoire de van à deux places. Un véhicule que vous n'avez pas acheté, que vous n'avez même pas commencé à chercher. Nous, ce qu'on croit, c'est que vous vous êtes débarrassé de votre ancien van dans le seul but de le soustraire à notre perquisition.

Allard soupira :

– Je n'avais aucune raison de le soustraire à votre perquisition. D'ailleurs, mon van, je l'ai vendu il y a un mois. Comment aurais-je pu deviner que vous alliez perquisitionner mon domicile ? Vous êtes venus mettre le bazar chez moi la semaine dernière. Nous n'avons même pas encore eu le temps de tout ranger.

– Ah, s'il vous plaît, ne jouez pas au plus malin, Allard... Moi, je pense que vous aviez lu dans le *Messager des Yvelines*, dans le numéro du 10 septembre, un article annonçant que le corps découvert dans la forêt de Rambouillet avait été identifié comme étant celui de Franck Collet et que, prévoyant que l'enquête pourrait remonter jusqu'à vous, vous vous êtes dépêché de vous débarrasser d'un véhicule qui conservait forcément des indices révélateurs...

– Révélateurs de quoi ? le coupa Allard. Je n'ai jamais rien eu à voir avec Franck Collet, ni vivant, ni mort. Et je ne lis pas le *Messager des Yvelines*. Je suis abonné au *Monde* et je reçois gratuitement *Le Figaro* à mon cabinet. Je n'ouvre pratiquement jamais un journal local.

– Nous avons pourtant trouvé un exemplaire du *Messager* à votre domicile. Le numéro de mardi dernier.

– Possible. Ma femme avait dû l'acheter en même temps que ses magazines. Nous ne lisons pas les mêmes journaux.

Rouvier observait attentivement son témoin. Le docteur avait recouvré son aplomb, il semblait redevenu maître de lui. En ce moment même, il devait pourtant se douter que son van se trouvait déjà à l'Identité Judiciaire et que les techniciens de la police scientifique étaient en train de le passer au peigne fin. Alors, ou bien il était innocent et n'avait réellement rien à cacher, ou bien il espérait qu'après plus de trois mois et sans doute un sérieux nettoyage le van ne pourrait plus fournir d'indice probant.

– Vous perdez votre temps, dit Allard, par une sorte de transmission de pensée. Vous ne trouverez rien dans mon van. Il n'a rien à voir avec votre affaire. Ni moi non plus. Vous vous fourvoyez complètement.

– C'est ce qu'on ne va pas tarder à savoir, lui répondit Rouvier.

Les résultats des analyses commencèrent à tomber le lendemain. Allard était en cellule, il entamait son troisième jour de garde à vue. Les interrogatoires effectués au cours des deux premiers jours n'ayant rien donné, le témoin persistant à nier toute implication dans l'affaire, le capitaine hésitait à le faire monter une nouvelle fois, à perdre encore des heures à écouter ses dénégations. Si rien de nouveau ne se produisait, si aucun élément solide ne venait incriminer le docteur Allard, le mensonge sur l'identité de son acheteur ne constituant pas une charge suffisante, les quatre-vingt-seize heures de garde à vue autorisées écoulées, Rouvier serait obligé de le libérer le lendemain en fin d'après-midi,

Il se morfondait dans son bureau quand, peu avant dix heures, après un coup discret frappé à la porte, une stagiaire de l'Ecole de Police montra son charmant visage. Jolie, apprécia Rouvier. Il était toujours surpris que des filles ravissantes, qui auraient pu facilement trouver un mari et rester tranquillement chez elle à élever leurs enfants, choisissent le métier ingrat et risqué de policier. La jeune fille lui adressa un sourire timide en guise de bonjour, déposa sur sa table le compte-rendu qui venait d'arriver sur l'ordinateur du bureau voisin et s'esquiva.

Rouvier reconnut ce qu'il attendait : la feuille était à l'en-tête d'un des laboratoires auxquels les relevés effectués sur le van par l'Identité judiciaire avaient été confiés pour analyse. Il alla directement au paragraphe central, trois petites lignes isolées au milieu de la page. En tout et pour tout, les résultats faisaient état de fragments de crins et de poils de cheval, ainsi que d'une tache de sang découverte grâce au *bluestar* sur le plancher, tache qui avait été identifiée comme du sang d'équidé provenant selon toute vraisemblance d'une blessure superficielle à la jambe.

Découragé, Rouvier expédia le compte-rendu du labo sur son bureau. Il commençait à se demander s'il ne faisait pas fausse route. Pendant les interrogatoires longs et éprouvants qu'il avait subis, à aucun moment le docteur Allard n'avait perdu son sang-froid, et il supportait vaillamment l'inconfort de sa détention. Il réussissait à dormir une partie de la nuit sur la couche spartiate de sa cellule, faisait des pompes en se réveillant, et avalait stoïquement les repas qu'on lui donnait, la nourriture peu ragoûtante allouée aux gardés à vue. Jamais il ne s'en était plaint, ni n'avait soudoyé un garde pour se faire apporter un supplément. Comme Rouvier lui demandait un matin en rigolant : « *Alors, ça va, Allard ? Vous dormez bien ? La soupe est bonne ?* », il avait répondu qu'il n'y avait pas de problème majeur et que les soldats qui croupissaient dans les tranchées pendant les deux guerres avaient connu bien pire. Décidément, ce grand bourgeois n'était pas une mauviette.

Mais il y avait plus ennuyeux : le témoin n'avait pas de mobile. Et on était vraiment tenté de le croire quand il assurait qu'il n'avait jamais rencontré Franck Collet. Pourquoi un homme dans la situation du docteur serait-il allé se compromettre avec un repris de justice, un marginal, presque un clochard ? Il aurait fallu que les policiers produisent une raison valable. Et puis, dans l'ensemble, pendant ses deux premiers jours de garde à vue, aussi bien dans sa cellule que dans le bureau du capitaine, Allard avait paru si tranquille, si sûr de lui. Il n'avait même pas demandé l'assistance d'un avocat.

Le reste de la matinée se traîna sombrement. A midi, de fort mauvaise humeur, Rouvier alla déjeuner tout seul à la cantine. Il s'installa à une table du fond de la salle où, au vu de la tête qu'il faisait, personne ne se risqua à lui tenir compagnie. Ses collègues avaient dû sentir qu'il valait mieux se tenir à distance. Il ingurgita son repas sans appétit puis regagna rapidement son bureau.

Sur le coup de quinze heures, arriva un nouveau rapport. Rouvier n'était plus seul. Ayant appris que les résultats commençaient à tomber, plusieurs policiers qui travaillaient sur l'affaire s'étaient rassemblés autour de lui. Même la stagiaire chargée d'apporter les comptes-rendus n'était pas repartie. Dans l'espoir de passer inaperçue, elle se faisait toute petite derrière un lieutenant baraqué.

Le capitaine prit connaissance de la feuille imprimée puis la passa à un lieutenant qui la lut à voix haute. Cette fois-ci, les résultats étaient encourageants. Parmi les traces relevées, quelques-unes étaient d'origine humaine. A commencer par des cheveux – deux seulement mais c'était suffisant –, identifiés, après comparaison avec les scellés recueillis sur sa brosse, comme ayant appartenu à Christine Delamare. « La preuve qu'elle est entrée dans le van de son beauf », déduisit l'un des policiers présents.

– Elle montait à cheval ? demanda le capitaine.

Tout le monde l'ignorait.

– Si c'était le cas, elle aurait pu lui emprunter son van n'importe quand pour voyager avec son propre canasson, fit observer quelqu'un.

– Oui, mais dans le cas contraire, ça serait poserait question. Qu'est-ce qu'elle aurait pu aller bricoler dans ce van si elle n'était pas cavalière ?

– Deux cheveux, ce n'est pas la preuve absolue qu'elle y est entrée, fit remarquer le capitaine. Allard était son beau-frère, ils se voyaient régulièrement. Au moins tous les dimanches chez la belle-mère d'après ce qu'on sait. Ils pouvaient très bien s'embrasser pour se dire bonjour. Des cheveux de sa belle-sœur auraient pu aller se coller sur ses vêtements à lui et tomber plus tard dans son van.

– C'est quand même un indice.

– Devant un tribunal, il ne tiendrait pas une seconde. Un bon avocat n'en ferait qu'une bouchée.

Le van recélait aussi des fibres textiles. Des brins de laine de différentes teintes pouvant provenir de pull-overs et d'une couverture de cheval. Du coton, peut-être échappé d'un tee-shirt. Des fibres de polyester de couleur verte… En somme, rien d'intéressant. Rouvier enfouissait déjà la feuille dans un tiroir.

– Y avait pas un témoin, se souvint tout d'un coup un lieutenant qui avait assisté à presque tous les interrogatoires, une femme qui nous avait parlé d'un jogging vert ? La domestique des Delamare ? Vous vous rappelez, capitaine ? Elle avait beaucoup insisté sur un jogging vert que sa patronne aurait porté le jour de sa disparition ?

– En effet, ça me revient à présent. Mais il faudrait prouver que les fibres trouvées dans le van et analysées par le labo appartenaient bien au vêtement en question. Pouvoir comparer. Et comme on ne l'a pas, ce jogging…

– Il a dû être brûlé, dit quelqu'un.

– Aucun doute. Avec tout ce que la victime avait sur elle.

– Du coup, on n'est pas plus avancés.

A ce moment, une petite voix s'éleva du fond de la pièce :

– Un jogging, d'habitude, ça va avec un blouson. Le haut et le bas sont assortis. S'il faisait chaud, la joggeuse n'avait peut-être pas mis le blouson.

Tous les regards convergèrent vers la stagiaire, qui avait piqué un fard mais n'en poursuivit pas moins :

– Et si par chance on trouvait le blouson dans ses affaires, on pourrait comparer. On verrait bien si ce sont les mêmes fibres.

Le capitaine se pencha pour l'apercevoir :

– Ah, bravo, Mademoiselle... Mademoiselle ?

– Chapuis Charlotte, répondit-elle comme un bon petit soldat.

Il balaya d'un regard circulaire le groupe de ses subordonnés, qui, bouche bée, vaguement vexés, fixaient toujours la gamine :

– Hein, vous avez entendu, les gars ? La perspicacité... Qu'est-ce que vous dites de ça ?

A la fin de l'après–midi, la jeune Charlotte réapparut avec un troisième compte-rendu. Elle le posa sur le bureau du capitaine et repartit aussitôt vers la porte.

– Vous ne restez pas avec nous, la taquina Rouvier, vous ne voulez plus nous aider ?

– Je crois que cette fois ce ne sera pas nécessaire, répondit l'effrontée.

Le capitaine prit connaissance de la feuille et pâlit brusquement. Il la passa sans commentaire à un lieutenant, lequel, au lieu de la lire à voix haute, se contenta de la parcourir des yeux avant de la transmettre sans un mot à ses collègues, qui eux-mêmes durent s'y reprendre à deux fois pour être sûrs d'avoir bien lu. Un silence épais s'était abattu sur la pièce. Les policiers étaient abasourdis.

L'examen du van au *crimescope* (une lampe spéciale capable de détecter des traces biologiques invisibles à l'œil nu) avait fait apparaître des particules de sperme séché à l'intérieur du van, dans les interstices du plancher. L'analyse avait révélé qu'il s'agissait de sperme humain. Bien entendu, l'ADN avait été relevé et rapproché des empreintes génétiques répertoriées au Fichier central.

C'était celui de Franck Collet.

Rouvier repensa à son schéma triangulaire : le lien entre le docteur et le cadavre du repris de justice découvert dans la forêt de Rambouillet était enfin établi.

Dans les minutes qui suivirent, Allard fut extrait de sa cellule et reconduit *manu militari* chez le capitaine. Quatre flics l'attendaient, dans une posture tendue, très inquiétante, braquant sur lui des regards hostiles. Le docteur comprit que l'enquête avait pris un tournant.

Il n'était plus temps de tergiverser, Rouvier attaqua sur un ton glacial :

– On a trouvé du sperme de Franck Collet dans votre van. Il va falloir nous expliquer comment il est arrivé là.

Le grand corps du docteur vacilla. On eut l'impression que quelque chose se relâchait en lui, cédait, comme à l'instant d'une reddition. Le moment de rendre les armes peut aussi être ressenti comme un repos, une délivrance.

Il réussit à prononcer :

– Je ne parlerai qu'en présence d'un avocat.

Maître Jean-Baptiste Quignard se présenta dans le Service le lendemain matin dès neuf heures. C'était un avocat célèbre, expérimenté, un vieux renard qui aurait bien mérité lui aussi le surnom d'« Acquittator » attribué à l'un de ses plus éminents confrères. Bref, le genre de ponte aux honoraires très élevés qu'un docteur Allard pouvait s'offrir.

Le capitaine Rouvier connaissait Quignard de réputation et pour l'avoir aperçu de temps en temps au journal télévisé mais c'était la première fois qu'il le voyait en chair et en os. En général, il n'aimait pas trop les avocats, ces types trop habiles dont la profession consistait à lui mettre des bâtons dans les roues, quand ce n'était pas tout bonnement à faire acquitter des coupables. Mais il ne put s'empêcher de trouver celui-ci sympathique. Indiscutablement, Maître Quignard avait une bonne tête, une rondeur rassurante, des rides de sourire au coin des yeux, il émanait de toute sa personne de la compréhension et de la bienveillance. Les deux hommes se serrèrent la main.

Après les politesses d'usage, l'avocat réclama les maigres éléments relatifs à l'enquête que la police était obligée de lui fournir : notifications réglementaires et procès-verbaux d'audition. Le capitaine les lui remit de mauvaise grâce. Il n'était pas bon pour le déroulement d'un interrogatoire que le soutien d'un suspect disposât de trop d'informations.

Quignard parcourut les documents d'un coup d'œil :

Etat civil du gardé à vue : Docteur Jérôme Allard, 38 ans, né à Grécourt, le 2 octobre 1978, profession dentiste, marié, père de deux enfants, demeurant à Grécourt, 74 avenue des Platanes.

Rappel des faits : Le 17 septembre 2016, découverte, dans une mare de la forêt de Rambouillet, du corps décomposé d'une femme, Christine Delamare, une habitante de Grécourt portée disparue depuis le dimanche 7 juillet 2016, et, selon l'estimation du légiste, probablement assassinée peu après cette date.

– Je crois me souvenir de cette affaire, murmura l'avocat. Mais le rapport avec votre gardé à vue ?

Le capitaine le renseigna du bout des lèvres :

– La victime était sa belle-sœur.

L'avocat revint à ses documents :

Le 2 septembre 2016 (c'est-à-dire exactement quinze jours avant la découverte du corps de la femme disparue), le chien d'un promeneur de Rambouillet avait déterré le cadavre d'un homme identifié comme Franck Collet, également domicilié à Grécourt.

– Il y a un rapport entre les deux crimes ? s'informa l'avocat.

– Ce n'est pas impossible.

– Et c'est ce que vous pensez ?

– C'est-à-dire que, euh… il s'agit d'une affaire complexe.

L'avocat fixa sur le capitaine un regard insistant :

– Ouais, bon, lâcha celui-ci à regret, on a retrouvé les deux corps dans le même coin du bois.

Restaient les procès-verbaux d'audition. Quignard alla directement à la dernière page, au moment de l'interrogatoire forcément crucial où, se sentant coincé, le témoin avait demandé l'assistance d'un avocat.

– Vous avez trouvé du sperme humain dans le van du docteur Allard ? se fit-il confirmer.

Rouvier hocha la tête.

– Celui de l'homme découvert à Rambouillet ?

Nouvel acquiescement muet.

– Je peux m'entretenir dès maintenant avec votre témoin ?

C'était plus une affirmation qu'une question. Le capitaine décrocha le téléphone :

– Faites monter le gardé à vue Allard dans le bureau 203. – C'est le bureau tout au bout du couloir, précisa-t-il en reposant le combiné. Vous avez trente minutes.

– Trop aimable, ironisa entre ses dents Maître Quignard.

Impassible mais intrigué, déjà curieux de cette étrange affaire, il partit à la rencontre de son nouveau client.

A quatorze heures, ils se retrouvèrent tous les deux face au capitaine. Rouvier se souviendrait longtemps de cette journée. On n'était qu'à la fin d'octobre mais le temps s'était brusquement refroidi. Dans le ciel limpide, un soleil vif, presque hivernal, éclairait comme un projecteur les deux hommes installés devant lui.

L'avocat avait le teint rose, l'iris de ses yeux scintillait. Une ombre de sourire flottait sur son visage. Il avait l'air tranquille d'un vieil habitué des prétoires au commencement d'une affaire promise à un grand retentissement mais dont il pouvait prévoir qu'elle ne lui causerait pas trop de tracas.

A côté de lui, la mine du docteur Allard paraissait terreuse. Ses traits étaient tirés, son visage émacié. Malgré sa détermination et son contrôle de soi, les repas ni appétissants ni roboratifs du Service lui avaient fait perdre un peu de poids. A quoi s'ajoutait la trace biologique repérée sur le sol de son van et qui avait dû lui faire passer une mauvaise nuit.

– Bien, dit le capitaine, je vous écoute. Nous vous avons laissé le temps de la réflexion. J'imagine que vous allez pouvoir nous expliquer par quel concours de circonstances le…

– C'est une longue histoire, le coupa Allard qui n'avait pas envie d'entendre prononcer le mot *sperme*, de parler d'emblée de ce résidu suspect dont lui-même n'aurait su dire exactement comment ou tout au moins à quel moment il était arrivé dans son van. En réalité, se dépêcha-t-il d'enchaîner, tout ce que j'ai fait, c'était pour soulager ma mère et mon frère.

– Les soulager de quoi ?

– C'est une histoire compliquée et qui remonte à loin, à plusieurs années en fait. L'origine du problème, la cause de tout, c'est le mariage de Philippe. Une grosse erreur, un mariage stupide. La femme qu'il avait choisie – ou plutôt par laquelle il s'était laissé manipuler jusqu'à consentir à l'épouser – n'était pas à sa place parmi nous. En introduisant cette personne dans notre famille, mon frère avait mis le ver dans le fruit. Le climat familial s'était peu à peu détérioré. Pour dire les choses carrément, ma mère et ma belle-sœur se haïssaient.

– Elles se disputaient ?

– Il aurait mieux valu. Mais non, elles ne se disputaient pas, je n'ai jamais assisté à un affrontement entre elles deux. Elles communiquaient par non-dits, ce qui est bien pire. C'était des phrases lourdes de sous-entendus, des échanges de regards significatifs et terribles, un permanent rapport de force, muet mais impitoyable, où c'était finalement ma belle-sœur, plus jeune et en meilleure santé, qui avait le dessus. Christine se moquait silencieusement mais ouvertement de ma mère. Elle s'ingéniait à lui faire comprendre qu'après sa mort, c'était elle qui disposerait de son argent, que c'était elle, la pauvre fille entrée par effraction dans une famille bourgeoise, la « pièce rapportée », qui profiterait de l'héritage que recevrait Philippe, qu'elle disposerait de sa fortune à sa guise. Une véritable guerre d'usure. Maman n'en pouvait plus.

– Votre frère n'était pas intervenu pour calmer le jeu, arranger les choses entre son épouse et votre mère ?

– Philippe est très absorbé par son travail, l'agence de publicité qu'il dirige à Paris, où d'ailleurs il réussit très bien. Sur le plan professionnel, c'est quelqu'un de très combatif. Mais sur le plan privé, c'est un homme passif, influençable, qui fuit les conflits. Et Christine était une personne très déterminée, ambitieuse vous n'imaginez pas à quel point. Une femme effrayante quand on y pense, et qui aimait l'argent...

– Pourquoi ? Vous ne l'aimez pas, vous ?

– Nous, ce n'est pas pareil. Nous en avons toujours eu. Nous n'en sommes pas... comment dire... avides.

– Venez-en aux faits.

– Et bien un matin maman m'a appelé pour me demander de venir la voir. Elle m'a appris que mon frère était las de sa femme, qu'il ne l'aimait plus et voulait s'en séparer mais que celle-ci refusait le divorce. Evidemment, en entrant dans notre famille, Christine s'était hissée jusqu'à un rang social inespéré, elle ne pouvait se résoudre à perdre cette position enviable. Par surcroît, elle avait des ambitions politiques, illusoires à mon avis étant donné ses origines et son niveau d'éducation. Figurez-vous que son but à moyen terme était de devenir maire de notre commune. Evidemment, un divorce aurait nui à l'image de parfaite respectabilité qu'elle s'appliquait à offrir.

A la fin, maman m'a avoué qu'elle n'allait pas bien, que sa santé se dégradait, que sa bru s'employait sournoisement à la faire mourir. Elle ne pouvait plus supporter sa présence et attendait de moi que je trouve un moyen de l'en débarrasser.

Quelques jours plus tard, en réfléchissant à la façon dont je pourrais aider ma mère, je me suis souvenu qu'elle s'était plainte à plusieurs reprises d'un de ses locataires des Prairies, un petit voyou nommé Franck Collet, un ex-taulard qui ne lui payait plus ses loyers...

On y était, les vannes étaient ouvertes. D'une voix calme, détachée, comme s'il parlait d'une histoire arrivée à quelqu'un d'autre, le docteur Jérôme Allard commença le récit le plus effarant que Rouvier eût entendu dans toute sa carrière.

Vers la mi-juin, donc, un matin de bonne heure sans s'être annoncé, il était allé voir ledit Franck Collet à son domicile. Et il lui avait mis le marché en main : s'il se chargeait de la débarrasser de sa belle-fille, la propriétaire de son logement annulerait la procédure d'expulsion en cours, effacerait l'ardoise des loyers impayés, et il recevrait cinquante-mille euros pour son « travail ».

– Est-ce que Collet savait qui vous étiez ?

– Forcément, Grécourt est une petite ville. Je suis le fils de sa propriétaire et ma profession fait que je suis assez connu. Je me suis présenté tout à fait normalement. Et je lui ai expliqué que l'épouse de mon frère faisait chanter ma mère.

– Chanter ? De quelle façon ?

– Et bien, Philippe avait été imprudent. Dans les premiers temps de son mariage, il avait laissé entendre à sa femme que maman possédait un compte bancaire dans un paradis fiscal. C'était cela, le chantage : s'il l'obligeait à divorcer, elle dénoncerait notre mère au fisc.

La ligne de défense du prévenu se dessinait. Confondu par l'indice particulièrement malséant recueilli dans son van – le capitaine voyait les réactions des jurés d'ici –, auquel s'ajouteraient les traces laissées dans le véhicule par sa belle-sœur : deux de ses cheveux identifiés par le laboratoire ainsi que des fibres de couleur verte appartenant vraisemblablement à son pantalon de jogging, éléments de preuve qui vaudraient à coup sûr la perpétuité au docteur s'il niait, il avait choisi, suivant le conseil de son avocat, de passer aux aveux en faisant état pour sa défense d'une circonstance atténuante : l'insupportable chantage exercé sur sa mère, une femme âgée et de santé fragile. – Les mains croisées sur son giron, Maître Quignard écoutait son client, les paupières baissées comme un rideau sur ses pensées, l'air satisfait.

Collet semblant intéressé par sa proposition – cinquante mille euros représentait une offre généreuse, largement supérieure au tarif habituel –, le docteur lui avait expliqué que la meilleure façon de procéder serait de surprendre sa belle-sœur pendant son jogging, de façon à faire croire à un crime de rôdeur, et il lui avait exposé les modalités de l'opération. Une opération que lui-même avait étudiée dans ses moindres détails, soigneusement mise au point et qui, bien exécutée, devait s'avérer sans risque ni pour l'un ni pour l'autre.
    – Votre frère était au courant ?
    – Bien sûr que non. Il ne nous aurait pas laissés faire.
    – Et ça ne l'avait pas étonné que sa femme commence par refuser le divorce puis disparaisse subitement de la circulation ?
    – Je ne pense pas qu'il se posait beaucoup de questions à ce sujet.
    – Et votre sœur ?
    – Ma petite sœur Cynthia n'a rien à voir avec ça. C'est une fille adorable et patiente qui, en réalité, était la seule à accepter Christine. Il leur arrivait même de prendre des vacances ensemble. Elles partaient au ski avec des amis. Elles avaient même fait récemment un voyage à Saint-Pétersbourg…
    Si alléchante que fût l'offre du docteur, Collet avait tout de même demandé à réfléchir. Puis, le surlendemain, il lui avait envoyé un mot par la poste pour lui dire que c'était d'accord mais qu'il lui fallait dix mille euros d'avance et il lui avait donné rendez-vous le samedi suivant sur le parking des Prairies pour se faire remettre

l'acompte. Allard s'était rendu au rendez-vous mais n'avait avancé que cinq mille. Collet s'en était contenté et lui avait donné son numéro de portable afin qu'il le prévienne le jour J.

Malin, apprécia Rouvier. Cinq mille, c'était assez pour l'étourdir, lui faire oublier les dangers de l'entreprise. Grisé par l'argent facile, ses cinq mille vite claqués, il ne penserait plus qu'à se procurer les quarante-cinq mille restants.

Une semaine après le rendez-vous du parking, le samedi suivant en fin de matinée, Allard avait appris par son épouse que Christine l'avait invitée à l'accompagner pour son jogging le lendemain matin et qu'elle avait refusé parce qu'elle avait un emploi du temps chargé ce week-end-là. Il était aussitôt allé téléphoner à Collet depuis la cabine d'un café pour lui dire que la personne en question irait courir à Virelonde le lendemain dimanche vers huit heures et qu'il la reconnaîtrait facilement à sa voiture, une Mini beige et marron. Le travail exécuté, il était convenu que Collet patienterait dans le bois jusqu'au milieu de la nuit dans un endroit précis où lui-même viendrait le chercher.
– Avec votre van, évidemment ? intervint Rouvier –
Le docteur acquiesça d'un signe.
En arrivant vers trois heures du matin à l'endroit convenu, au coin de l'allée principale et du troisième sentier sur la droite, il avait cru s'être trompé : dans le faisceau de sa lampe torche, il n'avait d'abord aperçu qu'un SDF assis sur l'herbe à côté de sa tente. Mais c'était bien Collet, méconnaissable, avec une barbe de huit jours, le chef couvert d'un chapeau cabossé. C'était le stratagème qu'il avait inventé : se faire passer pour un sans-abri qui aurait installé là son campement.

La nuit précédente, celle du samedi au dimanche donc, Collet était arrivé dans le bois et avait patienté le reste de la nuit sous la tente. Au matin, une fois la Mini repérée, il avait suivi sa conductrice sans se faire voir et, conformément au plan, l'avait assommée d'un violent coup de masse par derrière puis aussitôt étranglée. Il l'avait ensuite traînée à l'intérieur de sa tente. Si par hasard quelqu'un en avait soulevé un pan, il aurait cru voir une femme en train de dormir.

Lui-même avait passé toute la journée du dimanche sans se cacher, bien en vue au contraire, comme un sans-abri faisant la manche. Il avait plus tard raconté au docteur qu'un jogger compatissant lui avait même donné dix euros !

Les deux hommes avaient embarqué leur victime dans le van ainsi que la tente et les oripeaux crasseux dont Collet s'était affublé. Puis Collet s'était mis au volant de la Mini et ils avaient roulé jusqu'à l'entrée de Mantes où ils avaient abandonné la voiture, les clés sur le tableau de bord, supposant qu'elle serait vite enlevée et démantelée par des voyous. Et c'est bien ce qui s'était passé puisqu'on avait retrouvé sa carcasse cinq semaines plus tard sur un terrain vague de la Seine-Saint-Denis.

Allard redoutant qu'il ne laisse des traces de son passage dans sa voiture, Collet avait fait le reste du voyage dans le van, direction Rambouillet, en compagnie du corps de la belle-sœur.

Ce devait être à ce moment-là que, dans un fort état d'excitation, il avait violé sa victime, présuma le capitaine. Ou il avait pu la violer avant, sous la tente, quand il s'ennuyait pendant les longues heures où il attendait qu'Allard vienne le chercher et que le corps de la femme qu'il venait d'étrangler était encore chaud ? Dans ce dernier cas le sperme aurait coulé d'elle, plus tard, à l'intérieur du van... ? Une question qui resterait à jamais sans réponse.

De Mantes, Allard avait conduit son van jusqu'à l'endroit reculé de la forêt de Rambouillet qu'il avait précédemment repéré et qui lui avait paru le plus sûr. Collet avait alors déshabillé le cadavre puis, une fois nu, il l'avait sorti du van et ils l'avaient porté à deux jusqu'à l'étang où ils l'avaient balancé.

Malheureusement, le « travail » accompli, le docteur n'avait pas le choix. Il était forcé de se débarrasser de son homme de main. Les gens de son espèce ne sont pas sûrs, ils boivent et peuvent se montrer trop bavards. Sans parler, une fois son argent dépensé, d'un chantage toujours possible. Pour simuler une bagarre de clochards, il l'avait tué à coups de pierre, en évitant de le faire trop souffrir. Il était assez fort pour espérer l'avoir estourbi du premier coup. Après lui avoir ôté son portefeuille, tous les papiers qu'il avait sur lui et son portable (il avait même trouvé la montre Cartier et l'alliance de Christine que Collet avait très imprudemment conservés), il avait dissimulé son cadavre dans un fourré, l'avait recouvert d'un peu de terre, et il était rentré chez lui où, en l'absence de sa femme partie conduire ses enfants en Normandie, il avait pu brûler sans être dérangé les effets de ses deux victimes. Puis il était allé jeter la montre et l'alliance dans la Seine.

– Quand même, la disparition soudaine de votre belle-sœur n'avait intrigué personne dans votre famille ? Personne n'avait essayé d'en savoir plus ?

– Si, au début. Mais comme on ne trouvait pas trace de Christine et que les gendarmes avaient abandonné les recherches, ils avaient fini par se ranger à l'avis de maman. En tout cas, ceux qui avaient des doutes les gardaient pour eux.

– L'avis de votre mère ?

– Maman prétendait que sa bru s'était enfuie. Elle avait un double de la clé de Philippe et, le lendemain de la disparition, le lundi soir donc, avant qu'il soit rentré de son travail mais après le départ de la domestique, elle était allée dans l'appartement retirer des vêtements et un sac de voyage appartenant à Christine. Elle n'avait pas pu prendre ses bijoux parce qu'elle ne connaissait pas la combinaison du coffre mural du dressing. Ma belle-sœur ne portait que sa montre Cartier et son alliance, celles que j'ai retrouvées dans la poche de Collet. Mais ce subterfuge n'avait servi à rien puisque ni la bonne ni Philippe n'ont pu dire s'il manquait quelque chose. Maman a quand même joué le jeu jusqu'au bout, j'étais moi-même stupéfait de sa capacité à donner le change.

– Et tout le monde a avalé ça ?

– Apparemment. Il faut comprendre que Christine ne manquait à personne. Elle était si peu à sa place dans notre milieu qu'au fond ça paraissait naturel qu'elle soit partie. Tout était de nouveau en ordre.

Le docteur avait l'air flapi, vidé. Presque quatre mois qu'il tâchait de faire bonne figure devant sa femme et ses enfants, qu'il soignait ses patients comme si de rien n'était, qu'il présentait toutes les apparences d'une parfaite respectabilité devant ses amis et ses relations du haras, qu'il assistait ponctuellement aux déjeuners du dimanche à Saint-Servin, assis à la table familiale, en face de son demi-frère Philippe, totalement ignorant de l'effroyable « service » qu'il lui avait rendu. Il devait se sentir soulagé d'avoir parlé.

Mais en même temps, il ne manifestait ni honte ni regret. Une attitude que Rouvier avait souvent observée : des assassins coupables de crimes épouvantables qui en parlaient sans émotion, comme si ce n'était pas eux qui les avaient commis. Il y avait eu la réflexion, la gestation, puis l'ingéniosité mobilisée pour monter toute l'affaire. Une partie du travail, intellectuelle, qui n'avait pas dû déplaire à un esprit rationnel comme celui du docteur. Et puis ensuite, quand même, un moment difficile quand il avait dû, sans haine, uniquement par nécessité, éliminer de ses propres mains son complice.

– Et bien, déclara le capitaine, à présent il va falloir aller raconter tout ça au juge d'instruction. Sans rien oublier. Vous savez, je suppose, que vous allez être mis en examen.

Allard restait silencieux, comme indifférent. Il n'était même pas certain qu'il pensait à ce qui l'attendait.

Finalement, il releva la tête, chercha le regard de Rouvier :

– Est-ce que je pourrais avoir un café, capitaine ?... Et me faire apporter un vrai repas ?

En reconnaissance pour ses aveux, on lui accorda cette faveur. Il aurait besoin de toutes ses forces quand il recommencerait son récit pour le juge. Et puis un bon café, un repas complet et appétissant, avec entrée, plat de résistance, fromage et dessert, le docteur n'en reverrait pas de si tôt avec la peine qu'il allait écoper...

– ... Trente ans, estima l'avocat quand le prévenu eut été reconduit en cellule. Assorti d'une peine de sûreté de dix-huit. S'il se conduit bien – n'oublions pas que c'est un dentiste, il saura se rendre utile en prison –, il devrait sortir au milieu de la cinquantaine.

– Dix-huit ans, ce n'est pas cher payé.

– Il y a des circonstances atténuantes.

– Vous voulez dire ce supposé chantage dont il aurait voulu délivrer sa mère ?

– Pourquoi pas ? S'il s'agissait de sauver l'honneur d'une famille respectée. De libérer sa mère âgée, malade, désarmée, de l'odieux chantage d'une belle-fille arriviste et ingrate...

Le capitaine haussa les épaules. Toujours le même procédé : charger la victime pour blanchir le coupable. Maître Quignard pensait déjà à la défense de son client. Le vieux renard commençait à roder sa plaidoirie.

Il ne restait plus qu'à embarquer Elisabeth Delamare.

Elisabeth Delamare ! L'instigatrice, le véritable auteur des crimes ! Cette bonne femme, le capitaine tenait à l'appréhender lui-même. Il n'avait pas oublié la façon méprisante dont elle les avait traités, lui et son collègue, quand ils étaient allés l'interroger chez elle la première fois. Agréable renversement de situation. L'heure était venue de la vengeance. Ce n'était pas un sentiment noble, il s'en rendait bien compte, mais c'était humain.

Il réunit trois gars de son équipe puis en désigna un quatrième :

– Toi, Raymond, tu files direct au domicile de Philippe Delamare voir si par hasard il n'y aurait pas un blouson de jogging, de couleur verte, qui aurait appartenu à sa femme. Et emmène la stagiaire avec toi, la petite Charlotte. Après tout, c'était son idée.

En découvrant le capitaine, escorté de trois de ses hommes, dont deux en tenue, la domestique d'Elisabeth comprit qu'il se passait quelque chose de grave.

– Nous voulons parler à Madame Delamare, lui dit-il.

Marthe les introduisit dans le salon somptueux où Elisabeth avait reçu le capitaine quelques semaines plus tôt et partit prévenir sa patronne. Rouvier attendit debout, admirant encore une fois le décor qui l'entourait, le mobilier d'époque, les tapis d'Orient, les lourds double-rideaux de velours. La pièce suintait l'argent, le vrai argent, celui qui se reproduit tout seul, qui coule à flot comme d'une fontaine inépuisable, songea-t-il avec un mélange d'écœurement et d'envie, pas celui que les braves couillons comme lui recueillaient chaque fin de mois, goutte à goutte, comme à un robinet poussif alimenté par une tuyauterie parcimonieuse. Derrière le rempart de leur fortune, les gens de l'espèce d'Elisabeth Delamare finissaient par se sentir comme des féodaux, dispensés de respecter les lois, et considéraient les policiers, les fonctionnaires, tous ceux qui font marcher le monde comme des inférieurs à leur service. Et bien on allait voir ce qu'il en serait de l'arrogance de Madame Delamare quand il lui passerait les menottes…

Ces réflexions furent interrompues par des cris : « Capitaine, Capitaine… » accompagnés d'une cavalcade dans l'escalier. Marthe parut sur le seuil du salon, affolée : « Capitaine, Madame ne répond pas ! Elle est dans sa salle de bain et la porte est fermée de l'intérieur… ». Les quatre policiers se précipitèrent à sa suite au premier étage.

Ils déboulèrent dans la chambre, frappèrent à la porte de la salle de bain et, n'obtenant pas de réponse, enfoncèrent le battant à grands coups d'épaule.

La porte s'ouvrit sur une scène hitchcockienne.

Elisabeth Delamare était étendue dans sa baignoire, la tête penchée sur le côté, le bas du visage baignant dans l'eau rouge. Sa bouche entrouverte affleurait à la surface. La partie émergée, le haut du visage et son épaule droite, avait l'aspect du saindoux, un blanc grisâtre et cireux. De petites mèches mouillées étaient collées sur son front et sur ses joues. Rouvier n'eut pas besoin de la toucher pour comprendre qu'il n'y avait plus rien à faire.

Il examina la pièce. Une salle de bain classique, de style ancien : baignoire à pattes de lion et frise bleu faïence courant au sommet du carrelage mural. La fenêtre, qui donnait sur le jardin, était fermée. Sur le

205

marbre de la table de toilette, il remarqua un verre vide à côté d'un tube de Valium. Il le retourna : vide lui aussi. Un petit paquet de lames de rasoir était posé sur le rebord de la baignoire, une lame était tombée à terre. A l'évidence, Elisabeth s'était suicidée. Elle avait avalé un tube entier de somnifères puis elle s'était fait couler un bain chaud et y était entrée pour s'ouvrir les veines.

Un reste de vapeur tiède stagnait encore dans la pièce. Le suicide ne devait pas remonter à bien loin. Rouvier sortit et referma soigneusement derrière lui. Il était dix-sept heures quarante.

— Prévenez immédiatement l'Identité Judiciaire, ordonna-t-il au lieutenant. Les deux policiers en tenue furent priés pour leur part de garder la porte de la salle de bain et de n'y entrer sous aucun prétexte.

Avant de redescendre, Rouvier parcourut la chambre du regard. Aucune enveloppe, aucune lettre, pas le moindre message sur une table de nuit ou sur le secrétaire. Elisabeth avait tiré sa révérence sans explications.

— Nous avons à parler, tous les deux, dit le capitaine quand il fut revenu au rez-de-chaussée avec Marthe, racontez-moi en détail ce qui s'est passé aujourd'hui.

— Rien de spécial. C'était une journée comme les autres. Ces derniers temps, Madame avait l'air préoccupée, elle s'inquiétait pour Monsieur Jérôme parce qu'il était à la police... Ça se comprend. Mais ce matin elle s'est levée à sept heures comme tous les jours, elle est descendue prendre son petit-déjeuner dans la cuisine et elle est tout de suite remontée dans sa chambre.

— Personne n'est venu ? Elle n'a pas reçu une mauvaise nouvelle ?

— Non, je n'ai vu personne. Madame Elisabeth a passé une bonne partie de la matinée en haut et puis elle est redescendue faire un tour dans le jardin. Après elle est rentrée déjeuner et je lui ai servi son repas dans la petite salle à manger comme d'habitude… Ah si, quand même, je m'en souviens maintenant, il y a eu quelque chose… Pendant le déjeuner, elle a reçu un appel sur le fixe. C'est moi-même qui ai décroché. L'homme qui la demandait s'est présenté comme Maître Quignard. J'ai pensé que c'était l'avocat de Monsieur Jérôme.

— Vous en êtes sûr ? Maître Quignard a téléphoné à votre patronne ?

— Oui, j'en suis sûre.

— A quelle heure ?

— Vers une heure. Madame Elisabeth était en train de déjeuner. Elle s'est levée de table et elle est allée lui parler.

— Vous avez entendu ce qu'ils se sont dit ?

Marthe prit un air offusqué :

— Vous me prenez pour qui ? Je n'écoute pas aux portes.

— Madame Elisabeth ne vous a parlé de rien ? Vous êtes avec elle depuis longtemps, elle doit bien vous faire quelques confidences.

— Non, elle n'a rien dit. Après avoir parlé au téléphone, elle est revenue s'asseoir à table. Mais elle n'a presque plus rien mangé. Et elle est retournée dans sa chambre pour faire sa sieste. J'ai pensé que l'avocat lui avait annoncé une mauvaise nouvelle.

— Pourquoi ? la pressa Rouvier. Vous soupçonniez quelque chose ?

— … Non, bien sûr que non, se récria Marthe. Mais comme Monsieur Jérôme était chez vous depuis quatre jours.

Elle avait répondu un temps trop tard. Rouvier comprit qu'elle avait des soupçons, mais il l'avait déjà expérimenté pendant son interrogatoire, pour tirer quelque chose de cette femme secrète et têtue, il fallait se lever de bonne heure. C'était plus qu'une domestique dans cette maison. Depuis la mort de son mari, elle était pour Elisabeth une véritable compagne. Elles passaient toutes leurs journées ensemble, ça crée des liens. Alors, bien sûr, elle protégeait sa patronne... De toute façon, ça n'avait plus d'importance, à présent. L'enquête était pratiquement bouclée.

Marthe se tenait devant lui, le visage fermé comme toujours, une ride soucieuse barrant son front :

– Il faut prévenir Monsieur Philippe, dit-elle.

– C'est cela. Appelez-le.

– Vous voulez que, moi, j'appelle le fils de Madame pour lui dire que sa mère s'est... !!! se récria la domestique. Non, ce n'est pas possible, je ne peux pas faire ça ! – Elle tourna les talons, courut chercher son répertoire dans la cuisine et le mit d'autorité entre les mains du capitaine : Prévenez-le vous-même.

A la fin de cette journée éprouvante, après que les hommes de l'Identité Judiciaire, leurs relevés effectués, le corps enlevé, les scellés posés, étaient partis, et que les pauvres enfants d'Elisabeth, Philippe et Cynthia, bouleversés mais encore ignorants de la réalité de l'affaire et des terribles révélations qui n'allaient pas tarder à leur tomber dessus, étaient rentrés chez eux, Marthe se retrouva seule dans la maison silencieuse. La porte refermée sur le dernier visiteur, elle fit quelques pas indécis puis se laissa tomber dans un fauteuil du salon pour s'y reposer un instant et mettre ses idées en ordre. Il était plus de minuit, trop tard pour rentrer chez elle. Elle décida de dormir sur place ainsi qu'elle le faisait parfois quand Madame Elisabeth n'avait pas envie de rester seule dans sa grande maison.

Au bout de quelques minutes, elle abandonna le confort du fauteuil et s'engagea dans l'escalier. Mais au lieu de s'arrêter au premier étage et de gagner la chambre qui lui était attribuée près de celle de sa patronne, elle continua jusqu'au deuxième. Elle franchit le couloir sur toute sa longueur puis attaqua une troisième volée de marches, raide et étroite. Arrivée en haut, elle se retrouva devant une porte non fermée à clé et tourna la poignée.

Elle était dans le grenier.

C'était une partie de la maison dont elle n'avait pas à s'occuper et où elle n'allait que pour accompagner les employés de la société de nettoyage à laquelle on faisait appel de loin en loin. Mais il y avait longtemps que les nettoyeurs n'étaient pas venus. Par une mansarde, traversant un triangle de toile d'araignée tissée serré et tendue comme un store, un faisceau de rayons de lune éclairait le plancher recouvert d'une épaisse couche de poussière.

Marthe alluma la lumière, embrassa d'un coup d'œil l'alignement des étagères encombrées de vases, de vieux cadres, de livres, de piles de revues retenues par une ficelle. Un amoncellement de caisses et de valises occupait tout un coin du grenier. Marthe en ouvrit quelques-unes, remua un peu le bric-à-brac qu'elles renfermaient. Repérant ensuite une malle en osier, elle souleva son couvercle, écarta quelques chiffons, et en sortit un sac de voyage à peu près neuf, au cuir souple et luisant.

Ce sac, elle le reconnaissait. Elle l'avait vu quelques mois plus tôt à la main de sa patronne, alors que celle-ci se dirigeait vers le troisième étage où pourtant elle ne montait jamais. Sur le moment, Marthe avait été surprise, puis elle n'y avait plus pensé. Ce souvenir ne lui était revenu que lorsque le corps de Christine avait été découvert dans l'étang.

Elle ouvrit le sac de cuir, en sortit quelques vêtements froissés, entassés à la hâte, mais en parfait état : un peu de lingerie, un pantalon de toile, deux pulls, un magnifique chemisier de soie à rayures bleues et blanches qu'elle connaissait bien pour l'avoir vu plusieurs fois sur la femme de Philippe. Probablement l'un de ses préférés.

Marthe resta un instant immobile, encore incrédule, serrant le chemisier dans son poing.

Puis elle enfouit de nouveau les vêtements dans le sac, remit le sac où il était, le recouvrit de ses chiffons et referma la malle.

Pendant les quatre jours qu'avait duré la garde à vue d'Allard, le commissaire Benoist ne s'était pas manifesté. Officiellement, c'était l'affaire du SRPJ de Versailles, pas celle du commissariat de Grécourt. Il savait seulement que le docteur était toujours dans le service, donc que son interrogatoire était en cours. Il n'était pas question de gêner le travail des enquêteurs.

Mais le cinquième jour au matin, Rouvier le trouva devant la porte de son bureau.

– Entrez, l'invita le capitaine. Je vais nous faire monter des cafés. – Il lui avança un siège : Installez-vous, pour écouter ce que je vais vous raconter, croyez-moi, vous serez mieux assis.

« Alors, qu'est-ce que vous dites de ça ? », conclut-il quand il eut rapporté toute l'affaire, du moins dans ses grandes lignes, à son visiteur.

Le commissaire Benoist ne répondit pas. En général, il n'était pas homme à manifester ses sentiments, mais ce qu'il venait d'entendre l'avait à proprement parler *sidéré*. Il revoyait Jérôme Allard, lors de son premier interrogatoire au SRPJ, le buste en arrière, toisant ses interlocuteurs d'un regard narquois, se récriant à la moindre question embarrassante, toujours prêt à monter sur ses grands chevaux. Et son étrange mère qui, deux jours à peine après la disparition de sa bru – dont elle avait elle-même commandité l'assassinat –, s'était présentée avec son fils cadet au commissariat de Grécourt et avait eu le culot, dans son propre bureau, de l'accuser de ne pas faire son travail...

– Quand même, s'exclama-t-il, la duplicité de cette femme ! Je la revois encore en face de moi avec son air indigné, ses yeux noirs réprobateurs, féroces...

– Elle se croyait tout permis. Joli résultat : une famille entière déshonorée, deux enfants dont le père est en prison, une jeune épouse à l'abandon... Et pour la vraie responsable de tout ce gâchis, une seule porte de sortie : le suicide.

– Mais comment a-t-elle su que son fils avait été confondu ?

– Par Quignard. La domestique d'Elisabeth Delamare nous a dit qu'il avait téléphoné à sa patronne à l'heure du déjeuner. Il a dû le faire à la demande d'Allard, après leur entretien légal.

– Vous voulez dire que l'avocat, le respecté Maître Quignard, aurait transmis un message du prévenu à sa complice ?

– C'était la mère de son client. J'imagine qu'il lui a parlé à mots couverts. Il a dû se contenter de lui dire que son fils allait être mis en examen et incarcéré. Elisabeth Delamare aura compris qu'il avait été démasqué ou qu'il était passé aux aveux. Souvent, les mères et les fils ont un langage à eux – au souvenir de la sienne, la voix du capitaine s'était adoucie –, une mère et son fils se comprennent à demi-mots. Dès lors, elle savait ce qui l'attendait : la prison, la honte d'un procès, la mise au ban de la société, de cette société où elle tenait un rang de premier plan, où elle avait toujours eu le beau rôle. Elle a préféré échapper aux conséquences de son acte.

– Mais le fils, lui, va devoir répondre de ses crimes. Il va y avoir un procès... et qui va faire du bruit. A votre avis, combien il va prendre ?

– D'après son avocat, trente ans. Il a des circonstances atténuantes.

– Pour le premier assassinat, celui de Christine, peut-être. Mais pour celui du misérable qu'il avait engagé comme tueur ?

– Ce n'était que la suite logique, l'engrenage. Allard y était contraint pour se protéger. Mais son avocat est peut-être optimiste... – Regardez, poursuivit le capitaine en saisissant un blouson plié sur le dossier d'une chaise, on a trouvé ça chez Christine Delamare. Comme il faisait chaud le matin où elle était allée faire son jogging, elle avait dû renoncer à le porter au moment de sortir et l'avait accroché dans la penderie de l'entrée. Il était resté là depuis, oublié sous un imperméable. Nous allons l'envoyer au laboratoire. Et s'il s'avère que les fibres qui ont été relevées dans le van et celles de ce blouson sont identiques, ça voudra dire que les premières se sont détachées du pantalon assorti (le fameux « jogging vert » sur lequel insistait la bonne de Christine et que celle-ci portait le jour de sa disparition), et nous aurons la preuve matérielle que Christine a bien été transportée dans le van du docteur. Devant un jury, cet élément, qui confirmera ses aveux, pèsera lourd. Vous avez raison, commissaire, trente ans, c'est un minimum...

– Mais pourquoi Allard a-t-il fait ça ? C'est incompréhensible... Un homme dans sa situation, aller se mouiller dans une histoire pareille, dans un crime crapuleux !

– Le sentiment d'impunité, comme sa mère. Ils se croyaient au-dessus de tout soupçon et plus malins que tout le monde.

– Mais il y avait peut-être chez Allard une fêlure, la blessure laissée par un père absent, et un attachement sincère aux siens, à la réputation de sa famille...

– Pour ses motivations profondes, il faudrait demander à un expert ou à un profileur. Moi, je ne fais pas de psychologie.

– Alors vous n'y croyez pas, vous, à cette histoire de chantage, de vieille mère à protéger, d'honneur familial à défendre ?

– Pas une seconde. Et je serais bien étonné qu'il n'y ait pas une histoire de fric là-dessous, que la mère n'ait pas discrètement récompensé son fils pour le service rendu. Allard est moins riche que sa demi-sœur et que son demi-frère, qui ont hérité de leur père, le conseiller financier Edmond Delamare. Lui, il est le fils d'un père irresponsable et fauché, qui ne lui laissera rien à sa mort. Et de nos jours, l'argent, c'est la motivation suprême, on le trouve à la base de presque toutes les affaires, tandis que l'honneur, hein, bon, pas la peine d'épiloguer... En attendant, on va perquisitionner chez feue Elisabeth Delamare et chez son gestionnaire de fortune. On trouvera sûrement des papiers. Et si l'on s'aperçoit qu'Allard avait un intérêt financier à commettre ses crimes, si l'on découvre, par exemple, un mouvement de fonds à son profit, il est bon pour perpète...

– Tout compte fait, résuma le commissaire, cette affaire n'aura pas trop traîné. Vous avez assez vite obtenu les aveux du docteur. Il est vrai qu'avec les preuves réunies contre lui, il n'avait pas intérêt à nier... – Son regard s'éclaira, une idée venait de lui traverser l'esprit : Je vais téléphoner à Madeleine pour la mettre au courant, ça lui fera plaisir.

– A qui ?

– A Madeleine Raynal, la personne que je vous ai présentée l'autre jour.

Madeleine Raynal, la directrice de Raynal Investigations ! Rouvier l'avait complètement oubliée.

– Ah oui, fit-il, votre copine détective...

*

Madeleine se pelotonna dans son canapé et attira Baba sur ses genoux. Elle avait eu une rude journée. Des problèmes de gestion, inévitables quand on dirige une entreprise mais qui n'était pas ce qu'elle préférait dans sa profession. Une sévère mise au point avec l'un de ses collaborateurs négligent. Et pour couronner le tout, à la vue des photos prises par l'agence – son mari en compagnie de sa maîtresse dans un club branché de la Rive gauche –, une cliente avait piqué une crise de nerfs dans son bureau. Madeleine avait dû lui donner un comprimé de Lexomil. Et ensuite sécher ses larmes, la calmer, la raisonner. Un vrai boulot de psy.

Elle prit le verre de vin qui attendait sur la table basse et en avala une gorgée. Une douce chaleur l'envahit. C'était un Clos-Vougeot 2009, une merveille dont un client satisfait lui avait fait envoyer six bouteilles. Madeleine ne prenait pas de somnifères. Après une journée stressante, un peu de vin rouge la détendait et l'aidait à s'endormir.

Il était onze heures trente, l'heure du dernier Journal. Elle actionna sa télécommande. La télé s'alluma sur le florilège de catastrophes habituel : attentats, accidents, tremblements de terre, petit théâtre tragi-comique des politiques. Un règlement de comptes avait fait trois morts dans un bar de Marseille. A Paris, après avoir été saucissonnée dans la chambre d'un hôtel discret où elle se croyait incognito, une star américaine s'était fait dérober pour plusieurs millions de bijoux… Et enfin ce que Madeleine attendait : l'affaire Delamare.

Après un bref rappel des faits, la rediffusion de quelques images vieilles de trois jours : l'arrivée du docteur Allard au tribunal, menotté, la tête dissimulée sous une veste de tweed, fendant la foule des journalistes et des badauds. La voix off annonçait que la mère avait rémunéré son fils pour ses crimes. Lors de la perquisition effectuée chez elle après son suicide, on avait découvert qu'elle possédait des comptes dans plusieurs paradis fiscaux, dont l'un, aux Iles Caïmans, avait été récemment transféré au nom de Jérôme Allard. – Le prévenu était passible de la réclusion à vie.

Madeleine eut une pensée compatissante pour le frère, Philippe Delamare, celui qui l'avait engagée pour rechercher sa femme au tout début de l'affaire. Qu'allaient-ils devenir, lui et sa sœur Cynthia, après un aussi énorme scandale ? Et qu'allait faire la pauvre Delphine, l'épouse de l'assassin ? Probablement s'enfuir, quitter Grécourt, le département des Yvelines, se fondre dans l'anonymat d'une grande ville. A Paris, ou même à l'étranger ?

On était revenu sur le présentateur du journal, un beau jeune homme affable et propre sur lui, qui concluait, le visage réjoui : « *L'assassin a fait des aveux complets et il est à présent sous les verrous* (sous-entendu : la société peut dormir tranquille). *Grâce au travail exemplaire des enquêteurs, cette mystérieuse affaire a été brillamment élucidée.* »

Lesdits enquêteurs paradaient, cravatés, dans leur plus beau costume. Le capitaine Rouvier, la mine grave mais avec une lumière triomphante dans le regard. La télévision exagère tout, les surfaces, les volumes, les corpulences. Et elle trahit la plus fugace expression. Clairement, le méritant capitaine pensait à la satisfaction de ses chefs, à la promotion que son succès n'allait pas manquer de lui valoir.

A côté de lui, légèrement en retrait, dans une attitude plus effacée, le commissaire Benoist ne pouvait pas ne pas penser à sa réputation, à l'aura que lui vaudrait à Grécourt l'heureuse conclusion d'un drame qui avait agité la ville pendant plusieurs semaines.

Sur Madeleine, pas un mot. C'était comme si elle n'avait rien fait, comme si elle n'avait en rien contribué à la résolution de l'affaire. Mais elle ne s'en formalisa pas, elle y était habituée. Madeleine était une femme de l'ombre, du secret. Le triomphe et la gloire étaient pour les autres.

Elle émit un petit rire, mi-amer mi-amusé, qui fit dresser l'oreille de Baba. Elle le rassura d'une caresse. Elle venait de songer à Lucky Luke. A cet instant, elle se sentait un peu comme lui, elle était la petite sœur du cow-boy justicier qui réglait les problèmes et repartait tout seul, en sifflotant, vers d'autre aventures.

– *I am a poor lonesome détective*, chantonna-t-elle à son chat.

www.ingramcontent.com/pod-product-compliance
Lightning Source LLC
Chambersburg PA
CBHW051132020726
47501CB00005B/1468